KB121482

로크미디어가
유혹하는
재미있는 세상

ROK
MEDIA
로크미디어

황태자는 은퇴가 하고 싶습니다

황태자는 은퇴가 하고 싶습니다 5

2022년 10월 12일 초판 1쇄 인쇄
2022년 10월 17일 초판 1쇄 발행

지은이 로튼애플
발행인 김정수 강준규

기획 이기헌 왕소현 박경무 강민구 조익현
책임편집 금선정
마케팅지원 이원선

발행처 (주)로크미디어
출판등록 2003년 3월 24일
주소 서울시 마포구 성암로 330 DMC첨단산업센터 318호
Tel (02)3273-5135 **편집** (070)7860-2726 Fax (02)3273-5134
홈페이지 rokmedia.com E-mail rokmedia@empas.com

ⓒ 로튼애플, 2022

값 8,000원

ISBN 979-11-354-8011-9 (5권)
ISBN 979-11-354-8005-8 04810 (세트)

이 책의 모든 내용에 대한 편집권은 저자와의 계약에 의해
(주)로크미디어에 있으므로 무단 복제, 수정, 배포 행위를 금합니다.

작가와의 협의에 의해 인지는 생략합니다.
잘못된 책은 구입처에서 바꾸어 드립니다.

황태자는 은퇴가 하고 싶습니다

로튼애플 퓨전 판타지 장편소설

Contents

미래를 위한 준비

새로운 황제의 탄생을 알리는 축제가 끝나고, 서대륙은 본격적으로 전쟁 준비에 들어갔다.

이미 아이론은 자국에서 일어날 전쟁에 잔뜩 움츠러들어 있는 상태였다.

그런 상황에서 마침내 로테온과 탈로스가 움직였다.

기습적으로 아이론을 침공하면서 파죽지세로 올라갔으나, 중간에 턱 막히고 말았다.

"서부군인가?"

선두에 서서 달려가던 로테온의 기마대장이 묻자 옆에 있는 부관이 고개를 저었다.

"아닙니다. 저건……."

"중앙군이군."

서부군의 주력은 해군.

나머지 병력은 경갑을 입은 병사들밖에 없었다.

중갑을 입은 병력에 기사단을 구축했다면 하나밖에 없었다.

제국의 중앙군이 아이론에 미리 들어와 있었던 것이다.

"사신단이…… 낚였군."

황제가 로테온과 협상을 진행하고 있다는 소식이 속속 들어오면서 곧바로 아이론을 침공했는데, 그것이 전부 거짓이었다.

영악한 황제가 로테온과 탈로스를 기만한 것이다.

"……움직입니까?"

"아니, 물러나야지. 우리만으로 제국의 중앙군을 상대할 수는 없으니……."

파괴력만큼은 어떤 군대에도 꿀리지 않는다 자신하는 로테온의 기마대였지만, 완벽하게 진형을 갖춘 제국의 중앙군을 뚫을 자신은 없었다.

어찌어찌 뚫는다 해도 막대한 피해를 감수해야 하리라…….

그럴 바에는 본대와 합류해서 싸우는 게 훨씬 나았다.

"속도전은 끝났다. 자넨 지금 본 이 사실을 본대에게 전하도록."

"예."

기마대장의 명령에 황급히 병사 하나가 뒤를 돌아 말을 타고 사라졌다.

"대전쟁의 서막이라……."

전쟁이 임박했단 사실에 기마대장의 주먹이 땀으로 흠뻑
젖었다.

이런 상황은 아이론 전역에서 일어났다.

동쪽에서 쳐들어오는 탈로스군은 남부군을 막고 있었고,
아이론의 반군은 제국의 서부군이 견제했다.

그러자 한숨 돌린 친제국파 성향의 아이론 정부는 정비를
하면서 군대를 끌어모았다.

그러는 사이 북쪽 역시 시카리오 후작의 북부군과 성국의
주력군이 대치 상황에 돌입했다.

조금이라도 삐끗하는 순간 바로 전쟁에 돌입하는 긴장감
넘치는 상황 속에서 제국의 수도 역시 바쁜 나날을 보냈다.

❈

축제가 끝난 그 즉시 모든 관료들이 곧바로 복귀해 일을
시작했다.

마치 휴식은 이제 끝났다는 듯, 모든 관료들이 밤낮없이
일하는 풍경이 펼쳐진 것이다.

인력 문제는 여전했다.

축제 기간 동안 나름 검증된 자들을 뽑았음에도 턱없이 부

족했다.

카리엘이 황태자 시절부터 날려 버린 관료들이 수백이 넘어가니 부족할 수밖에 없었다.

그렇다고 귀족들을 뽑을 수도 없었다.

"……인력이 부족하옵니다."

재상이 초췌한 몰골로 와서 말하자 카리엘이 한숨을 쉬며 말했다.

"귀족들을 뽑았잖나. 그들을 스스로 내친 건 그대들일 텐데?"

"……송구합니다."

그래도 아카데미를 졸업했고, 어느 정도 학식을 갖췄으니 쓸 만할 줄 알았다. 그런데 아카데미 졸업장을 돈으로 사거나 방탕한 삶을 산 녀석들이 인맥발로 들어온 경우가 대부분이었다.

정말 능력 있는 인재들은 지방에서 영주 대리나 사무관으로 일하고 있었다.

"잠시나마 지방에 있는 자들을 불러오시면……."

"지방은 어쩌고? 말이 된다 생각하나?"

중앙의 일이 미어터지는 건 사실이지만, 그렇다고 지방에 일이 없는 건 아니었다.

남부 지역은 반란군을 토벌한 여파로 일이 쌓여 있었고, 북부는 성국을 견제하는 일 때문에 매일같이 도움을 요청하고 있었다.

　서부는 전쟁이 일어나기 직전이었다.

　그나마 평온한 건 동부뿐인데, 그곳은 이미 혁명 세력이 꽉 잡고 있었다.

　"그렇다면 아카데미 졸업반에 있는 자들을 불러오는 것도 방법이 될 수 있습니다."

　"그들 중에 제대로 된 이가 몇이나 될까?"

　카리엘은 이제 아카데미도 믿지 않았다.

　아카데미 졸업장을 살 수 있다는 건 알고 있었다. 하지만 귀족들 중 3할 이상이 샀을 줄은 예상하지 못했다.

　본래라면 졸업하지 못했을 이들이 졸업장을 사서 스펙을 쌓았다.

　그것을 이용해 적당한 곳에 들어가 경험을 쌓고 중앙 부처로 들어온다. 이것이 바로 명문가 중에 가주가 되지 못한 자제들이 중앙 관료가 되는 방법이었다.

　"아카데미는 학생들 중 평민들만 뽑을 게 아니라면 큰 의미가 없다는 걸 잘 알 터. 뭐 그마저도 그대들의 눈에 찰지는 모르겠군."

　아카데미 교사들조차 인맥으로 들어간 이들이 많아 제대로 된 수업이 이루어지지 않고 있었다.

　본래 카리엘이라면 진즉에 저들을 처단하고 아카데미를 바꾸려 했을 것이다.

하지만 가만히 놔두는 이유가 뭘까?

"그대도 알 텐데. 답은 하나다."

그렇게 말하면서 펜을 들어 세일럼 항구를 찍었다.

인력은 부족하고, 대신들과 관료들은 매일같이 사람 좀 뽑아 달라고 아우성이었다. 그걸 알기에 재상이 대표로 찾아왔건만, 결국 도돌이표였다.

"귀족들을 설득하거나, 아니면 일이 줄어들길 기다리거나. 결정이 내려지면 찾아오도록."

그렇게 말한 카리엘이 귀찮다는 듯, 물러가라고 했다. 그러자 재상이 한숨을 쉬면서 고개를 숙이고는 물러났다.

카리엘에게 협상의 여지 따윈 없다는 것을 재차 확인한 재상은 대신들을 만나기 위해 바삐 걸음을 옮겼다.

사실 본래의 카리엘이라면 느긋하게 귀족들을 주무르면서 천천히 혁명 세력을 중앙에 들였겠지만, 이젠 그럴 수 없었다.

신으로부터 진실을 들은 이상 제국은 더 빨리 발전할 필요가 있었다.

전생에 미리엘이 고생했던 것을 보면서 카리엘은 이를 바득 갈았다.

그랜드 마스터인 글렌이 마스터를 키워 냈고, 박살 난 경제를 끌어올리면서 현재의 수준과 비슷한 군사력을 키워 냈다.

그럼에도 불구하고 제국은 무너졌다.

그렇다면 현생에서는 적어도 그보다 몇 배는 강해져야 승산이 있는 것이다.

"……시간이 없어."

그렇게 중얼거린 카리엘은 책장 속에서 책 몇 개를 빼냈다. 그러자 기관이 작동하면서 무언가가 드러났다.

검은 벽에는 앞으로 자신의 계획이 적힌 것들이 빼곡히 붙어 있었다.

큼지막한 계획들.

그 중간쯤에는 믿을 수 없는 글자가 적혀 있었다.

- 서대륙 장악.

현실적으로 통일은 어려웠다. 그렇다면 적어도 서대륙을 제국이 장악하기라도 해야 했다.

"아직은…… 아니야."

자신이 알고 있는 진실을 풀기엔 너무 일렀다. 적어도 이번 아이론 사태를 해결하고 동대륙에 조짐이 일어나기 전까진 진실을 풀 수는 없었다.

"미래를 위해선…… 내가 악마가 되어야겠네. 그러자면 그 전에…… 최소한의 준비는 해 둬야겠지."

그렇게 중얼거린 카리엘은 나직이 한숨을 쉬었다.

자신도 좋은 황제가 되고 싶었다.

하지만 상황이 자신을 '폭군'이 되도록 몰아가고 있었다.

"전생엔 암군, 현생엔 폭군인가?"

씁쓸한 미소를 지은 카리엘은 한숨을 쉬고선 기관을 작동시켜 책장을 닫았다.

그러고선 곧바로 시종장을 불렀다.

"지금의 나라면 비밀 수호대를 움직일 수 있겠나?"

"예."

허리를 굽히면서 말하는 시종장을 보며 카리엘은 가볍게 고개를 끄덕였다.

"그대들에게 전할 비밀이 있네."

"비밀…… 말씀이십니까?"

"그러네. 맹약의 비밀이네."

맹약이라는 말에 시종장의 두 눈이 크게 떠졌다.

"비밀 수호대 전원을 불러오게, 그들은 들을 자격이 있으니."

"예."

카리엘의 명령에 심각한 표정을 지은 시종장은 조용히 물러났다.

　　　　　　　　※

그날 저녁, 베일에 가려져 있던 비밀 수호대가 전부 모습을 드러냈다.

"우선 오랫동안 비밀을 수호해 온 그대들에게 경의를 표하지."

그렇게 말한 카리엘이 살짝 고개를 숙였다.

그러자 비밀 수호대 전원이 허리를 굽혔다.

오랫동안 기다려 온 진정한 황제가 자신들을 인정해 주자 어떤 이들은 눈시울을 붉히기도 했다.

"비밀을 수호해 온 그대들인 만큼 이 '비밀' 역시 때가 될 때까지 지켜 줄 것을 믿겠다."

카리엘의 말에 비밀 수호대 전원이 고개를 숙였다.

"내가 그대들에게 전하고자 하는 말은 하나의 '비밀'과 하나의 '부탁'이다."

"부탁 말입니까?"

"그래, 비밀과 연관이 있는 부탁이다."

시종장의 물음에 답한 카리엘이 비밀 수호대를 바라보았다.

그의 앞에 선, 각양각색의 사람들로 이루어진 비밀 수호대. 그중 맨 앞에 선 세 사람은 도서관 사서인 노인과 시종장, 그리고 역대 황제들의 무덤을 관리하는 무덤지기였다.

하지만 이들은 노인임에도 전부 범상치 않은 실력을 갖고 있었다.

반면에 뒤에 선 비밀 수호대원들은 실력자만 있는 게 아니었다. 오히려 평범한 사람들이 압도적으로 많았다.

각자 맡은 역할을 위해서 평범한 자들까지 구성원으로 받아들인 비밀 수호대를 보며 작게 고개를 끄덕인 카리엘이 말했다.

"우선 맹약에 관한 내용부터 말하도록 하지."

그렇게 입을 연 카리엘은 오랫동안 이어진 맹약에 대해 설명했다.

가장 앞에 선 세 노인들은 이미 알고 있었다는 듯, 차분히 카리엘의 설명을 들었다.

"이제 남은 건 하나의 부탁이군."

"혹…… 지옥이 열리는 겁니까?"

도서관 사서의 물음에 카리엘이 작게 고개를 끄덕였다.

"현실적으로 우리가 지옥의 문을 닫기는 어렵다. 하지만 희망이 없는 건 아니지."

그렇게 말한 카리엘이 기운을 끌어 올렸다.

그러자 이마에서 선명하게 모습을 드러내는 문양.

"지옥의 수문장을 찾아라, 맹약에 따라 이 문양의 힘으로 그 수문장을 굴복시킬 수 있을지니……. 우리가 살아남을 유일한 방법은 바로 이것뿐이다."

카리엘의 말에 비밀 수호대가 그 즉시 무릎을 꿇었다.

"모든 것은 폐하의 뜻대로."

늙은 노인들부터 젊은이들까지 전부 고개를 숙이면서 말

하자 작게 고개를 끄덕인 카리엘이 조용히 말했다.

"지금부터 비밀 수호대의 모든 힘은 고대에 잠들었다 알려진 '가름'을 찾는 것이다."

"예!"

그렇게 비밀 수호대에 명령을 내린 카리엘은 곧장 친위대를 불러들였다.

그림자를 보내고 난 후 가장 가까운 곳에서 카리엘을 지키는 자들은 오직 친위대만이 가능했다.

한때 괴짜라 불렸던 이들이 그런 고귀한 임무를 맡는다는 것에 말이 많았으나 상관없었다.

"모두들 내가 이렇게 불러 모은 건 이유가 궁금하겠지?"

카리엘의 부름에 모두들 궁금하다는 표정을 짓는 친위대원들.

"그 전에 각자 이 종이에 그대들이 원하는 바를 써라."

"저희들이 원하는 바…… 말입니까?"

"그래, 앞으로 매우 바빠질 예정이다. 그러니 적어도 그대들의 소원 정도는 들어주고 시작해야겠지."

카리엘의 말에 친위대원들의 표정이 진지해졌다.

토토가 물었다.

"……위험한 일입니까?"

"많이."

대놓고 위험하다고 말하는 카리엘을 본 토토는 생각에 잠긴 표정으로 침묵했다.

그러자 다른 친위대원들 역시 작게 고개를 끄덕이면서 언젠가 카리엘에게 하려던 부탁을 적기 시작했다.

"시종장."

"예, 폐하."

"타리온을 불러오게."

한때 친위대의 수장이었던 가장 믿을 수 있는 존재인 타리온을 불러들였다.

"너 역시 친위대였으니 자격이 있지."

그렇게 말한 카리엘이 타리온에게 소원을 적게끔 종이와 펜을 내밀었다. 그것을 빤히 바라보던 타리온은 피식 웃으면서 말했다.

"소신의 소원은 이미 이루어졌습니다."

타리온의 대답에 카리엘이 잠시 그를 바라보다 미소를 지었다.

"뭐라도 적어 둬. 나중에라도 사용할 수 있게 해 주지."

"그럼…… 일주일간 휴가를……."

"……그래."

타리온의 말에 웃으면서 고개를 끄덕인 카리엘이 소원장을 고이 접어 서랍에 넣어 두고는 말했다.

"친위대 전원에게 전해, 지금부터 비밀리에 움직일 존재들을 키우라고."

"그림자들이 있는데 굳이 그러시는 이유가…….."

"그들과는 전혀 다른 임무를 해야 하니까."

그렇게 말한 카리엘이 비밀 수호대에게 알려 준 진실을 타리온에게도 말해 주었다.

그것을 듣자마자 타리온은 심각한 표정을 지었다.

"친위대가 키운 인원들은 전원 흑마법사만 쫓는 단체가 될 거야."

"……알겠습니다."

"너도 정보부를 맡길 준비를 해 둬."

"그리하겠습니다."

고개를 숙이며 대답한 타리온이 집무실을 나가자 카리엘은 한숨을 쉬며 하늘을 바라보았다.

이로써 최소한의 준비는 끝났다.

이제 남은 것은 아이론의 사태를 마무리 짓는 것과 제국을 발전시키는 것뿐.

그걸 위해서 마음을 다잡은 카리엘이 주먹을 꽉 쥐었다.

그리고 바로 다음 날, 카리엘은 다시금 칼을 뽑아 들었다.

※

카리엘이 움직이자 황궁은 난리가 났다.

재상이 찾아온 것을 명분으로 대전 회의를 열어 인원 부족에 대한 해결 방안을 촉구한 것이다.

귀족원의 고위 귀족들은 전원 참석하라는 명령과 함께 대전 회의를 열자, 모두가 긴장된 표정으로 대전에 들어섰다.

다들 카리엘의 인내심이 한계에 도달했다는 것쯤은 잘 알고 있었다.

황태자 시절부터 냉철하기로 유명한 카리엘이 황제가 되고 나서 조금 유해졌다고 평가받았던 것도 귀족들이 은근슬쩍 기어올라도 넘어가 주었기 때문이다.

밖에서 볼 때는 뭔 개소리냐고 싶을 것이다.

반란군을 처치하고, 그걸 명분삼아서 자신한테 반대하는 귀족들을 콕콕 골라내서 숙청한 게 바로 얼마 전 일이기 때문이다.

하지만 귀족원이 명분을 갖고 반대하면 카리엘은 한 발자국씩 넘어가 주었다.

황제가 되면 급격한 변혁을 이룰 것이라 생각했던 것과 다르게 크게 바뀌지 않았던 것에는 이런 이유가 있었던 것이다.

그런데 그것도 오늘로 끝이었다.

"폐하께서 칼을 뽑으셨군."

"무기는 충분히 쥐셨으니…… 더 참으실 필요가 없긴 하지."

대신들은 이번에야말로 귀족원이 갈려 나갈 것이라 생각했다.

귀족원에는 무기를 쥔 황제를 막을 명분이 없었기 때문이다.

정통성을 확보한 황제.

모자라는 인력.

기회를 주었음에도 답을 찾지 못한 귀족들.

마지막으로 아이론의 급변 사태로 인해 더욱 급박해진 상황.

이 모든 것이 카리엘에게 무기가 되어 주는 것이다.

이미 두 공작조차 황위에 대해선 포기한 상황이라 카리엘을 견제할 수 있는 방법이 없었다.

그럼에도 불구하고 귀족들도 더는 물러설 곳이 없었다.

혁명 세력을 받아들이는 순간, 그토록 막고자 했던 평민들이 정계로 진입한다.

그것만큼은 막기 위해 귀족원의 귀족들이 굳은 표정으로 마음을 다잡았다.

"모두 모였나?"

"예, 폐하."

황좌에 앉은 카리엘이 턱을 괸 상태로 싸늘하게 귀족들을 바라보았다.

그러자 마음을 다잡고 있던 귀족들의 눈이 흔들렸다.

평소보다 몇 배는 싸늘한 표정으로 귀족들을 바라본 카리엘이 조용히 입을 열었다.

"다들 알다시피 현재 제국은 위기다. 성국과 남부 왕국들과 전쟁을 해야 할 상황에 몰렸다. 거기다 아이론 역시 두 파벌로 나뉘어서 싸우는 중이지."

내전이 끝나자마자 곧바로 서대륙의 강국들과 전쟁을 벌이게 생겼다.

그렇다고 물러날 수도 없었다.

여기서 물러나는 순간 제국의 영광은 영영 잃어버리게 될 것이다. 서대륙 최강이라는 명예도, 허울뿐인 제국이라는 위치도 완전히 사라진다.

귀족들도 그걸 알기에 전쟁을 말리지 못하는 것이다.

제국에게 물러선다는 선택지는 없었다.

"다들 알다시피 아이론에서 시작될 전쟁은 흑마법사들로 인해 벌어진 전쟁 그 이상이 될 것이다. 그렇기에 제국 내부만이라도 잘 다스려야 하거늘……."

카리엘이 말끝을 흐리면서 표정을 찌푸렸다. 그러자 모두들 긴장한 표정으로 그를 바라보았다.

"일이 미루어져 업무가 마비가 될 지경이다. 그런데 방도는 찾지 못하고 나만 찾아온다고 해결이 되나?"

카리엘이 대신들을 바라보자 그들이 송구하다는 표정으로 고개를 숙였다.

그러자 모두들 은근한 표정으로 재상을 바라보았다.

이제 그가 나설 타이밍이었기 때문이다.

카리엘이 은근슬쩍 혁명 세력들을 등용하려 할 때마다 중간에서 막았던 것이 재상이었다.

그런데 이번엔 재상조차 침묵하고 있었다.

얼굴에 힘들다는 것을 팍팍 드러내고 있었기 때문이다.

'재상도 죽겠지.'

카리엘이 고개를 숙이고 가만히 서 있는 재상을 보면서 속으로 웃었다.

어젯밤, 더 이상은 안 되겠는지 짧은 문장이 담긴 서신을 보냈다.

서론과 결론을 다 제외하면 사실상…….

-폐하의 뜻대로 하시옵소서.

이것과 다르지 않았다.

즉, 재상조차 항복을 한 것이다.

"나의 답은 하나다. 능력 있는 자들을 일단 뽑아서 쓰자는 것. 하지만 귀족들이 반대했지. 그렇다면 그대들이 알아서 해결책을 가져와야 하는 것 아닌가?"

이번엔 귀족들을 보면서 물었지만 두 공작은 가만히 입을 다물었다. 그러자 다른 고위 귀족들이 당황했다.

적어도 공작들은 반대할 줄 알았다.

귀족파의 두 거두가 침묵을 지키자 다른 고위 귀족들 역시 가만히 고개를 숙이고 있었다.

"나의 답은 여전히 동일하다. 일단 혁명 세력들을 데려다 쓰는 것."

"하오나 그들은 너무 위험하옵니다."

"그들이 무슨 일을 벌일까 두렵다면 그토록 두려워하는 일이 일어나지 않게끔 잘 감시하면 되는 것 아닌가?"

카리엘의 대답에 앞으로 나섰던 귀족의 입이 다물렸다.

바로 그때, 한 여인이 앞으로 나섰다.

허락을 구하는 듯 허리를 굽히는 여인을 보면서 작게 고개를 끄덕이자 그녀가 입을 열었다.

"폐하, 폐하의 뜻대로 세일럼에 한해서 혁명 세력을 기용한 결과가 현재의 동부이옵니다."

"현재의 동부라……."

더 말해 보라는 듯 카리엘이 턱짓으로 발언을 허락하자 용기를 얻은 귀족이 자신이 준비한 판을 가져와서 모두에게 보였다.

거기에는 영지를 잃은 귀족들과 그 원인인 영지민의 이탈, 그리고 부유한 평민들의 압박으로 인한 귀족들의 권위 추락 등이 있었다.

특히 귀족의 권위가 추락한 게 가장 컸다.

제국은 엄연히 신분제 사회였다.

그럼에도 불구하고 부유한 상인들이 몰락한 귀족들보다

더 우위에 있다는 게 말이 되지 않았다.

"폐하! 동부에서 귀족의 신분을 사고파는 이들이 현격하게 늘어났습니다. 이는 제국의 근간을 뒤흔드는 일. 세일럼에 한해서 등용했음에도 이럴진대 혁명 세력을 중앙에 등용하오시면 제국 전체가 위험해질 것이옵니다!"

확실히 일리가 있는 말이었다.

"소신들이 마냥 반대만 하는 것이 아니옵니다. 부유한 평민들이 늘어나야 제국이 더 안정되고 풍요로워진다는 것쯤은 인지하고 있사옵니다. 하오나 이렇게 급격하게 변혁을 이루게 된다면 간신히 안정된 제국은 다시금 혼란에 빠질 것이옵니다."

진심으로 걱정 어린 표정을 지으며 말하는 여인을 보며 카리엘이 흥미롭다는 표정을 지었다.

"짐도 그건 원하지 않는다. 귀족들의 권위는 보장해 줄 것을 수차례 말했노라. 그대는 짐을 믿지 않는 것인가?"

카리엘의 물음에 더욱 허리를 굽힌 여인이 입을 열었다.

"그럴 리가 있겠습니까. 하오나 폐하의 의도와는 달리 저들은 더 큰 욕심을 낼 것이고 그러면 종국에는 혼란이 찾아올까 염려되어 드리는 말씀이옵니다."

자신이 두렵다는 듯, 몸을 떨면서도 결국 할 말은 전부 하고 마는 여인을 보면서 카리엘이 빙그레 웃었다.

"재밌군. 그래서 그대의 답은 무엇인가? 설마 해결 방안도 없이 반대하지는 않았겠지?"

"······현재 동부에 있는 혁명 세력은 아니 될 것이옵니다."

"그렇다면?"

"아직 각 지방에 평민 출신의 학자들이 남아 있을 것이옵니다. 그들을 우선적으로 등용하시옵소서."

"턱없이 부족할 것이다."

"그렇지 않사옵니다. 예를 들어······."

그것만으로는 부족하다는 듯 고개를 가로젓는 카리엘에게 차분히 설명을 시작한 여인의 계획은 이러했다.

1. 중앙에서 밀려난 준귀족들을 우선적으로 등용한다.
2. 능력을 인정받을 시 평민들이라도 준귀족(당대에 한한 남작위)에 봉한다.
3. 그래도 부족할 경우 아직 동부로 향하지 않은 혁명 세력들을 등용하는 걸 허용한다.

그녀의 설명을 들은 카리엘이 가만히 생각에 잠겼다.

그러자 모두들 긴장한 표정으로 카리엘의 얼굴만을 뚫어지게 바라보았다.

사실 이 정도 방안도 귀족원 입장에선 납득할 수 없는 일이기는 했다. 그럼에도 불구하고 여인의 말을 자르지 않고 내버려 두었던 것은 오늘 본 카리엘의 기세를 보아하니 동부

황태자는
은퇴하고
싶습니다

에 있는 혁명 세력을 통째로 들고 올 것 같았기에 차라리 이 정도 선에서 막아 보자는 계산이 깔렸기 때문이다.

"그대의 이름이 뭐지?"

"샤스타 대처라 하옵니다."

카리엘이 들어 본 적 없다는 듯 고개를 갸웃거리자 근처에서 대기 중이던 시종장이 조용히 귓속말로 알려 주었다.

오래전에 중앙 정계에 있었으나 암군의 시대가 시작되면서 밀려났던 가문이었다.

본래는 귀족파에 있었던 가문은 아니었으나 여인이 가주가 되면서 귀족파로 갈아탔고, 결국 중앙 정계까지 입성할 수 있었다.

'대단하군.'

카리엘이 여인을 보면서 순수하게 감탄했다.

제국에서 여성이 가주가 되는 게 없는 건 아니지만 굉장히 힘든 일이었다. 그런데 그것을 해낸 것으로도 모자라 귀족파로 갈아타고 당대에 중앙 정계까지 입성했다.

그러나 무엇보다 대단한 것은 여인의 얼굴이 굉장히 젊어 보인다는 것이었다.

"재밌군. 그대의 말처럼 혁명 세력을 너무 많이 등용하면 문제가 생길 수 있지. 하나 인력 부족이 심각한 바, 그대의 말대로 준귀족들과 지방으로 좌천된 평민 출신 관료들을 우선 등용하지. 그럼에도 부족할 경우, 그 부족한 자리에 한해 동부의 인사들을 데려올까 하는데…… 어떤가?"

카리엘의 물음에 대처는 대답하지 못하고 고개를 숙였다. 결국 막지 못한 것에 분한 표정을 지었다.

그녀에게 주어진 임무를 다하지 못했으니 귀족원에서의 쓰임도 다한 것이다.

온갖 고생을 다 해 가면서 겨우 이 자리까지 왔는데, 결국 지방으로 다시 밀려나게 생긴 것이다. 그런 그녀의 생각을 읽은 카리엘이 빙그레 웃으면서 말했다.

"그래도 모처럼 쓸 만한 의견을 제시했으니 그대에게 기회를 주지."

"……예?"

멍한 표정으로 고개를 든 그녀에게 카리엘이 말했다.

"그대에게 귀족들을 대표해 혁명 세력들을 감시할 수 있는 권한을 주겠다."

"헉!"

"그대의 말대로 급격한 변혁은 혼란이 올 수 있지. 그것을 막아라. 또한 적절히 변화할 수 있도록 흐름을 주도해 보아라."

카리엘의 말에 멍하니 있던 대처가 황급히 무릎을 꿇었다.

"폐…… 폐하의 은혜에 반드시 보답하겠습니다."

대처의 말에 고개를 끄덕인 카리엘은 대신들을 바라보았다.

"이번엔 제대로 뽑아라. 더 이상의 기회는 주지 않을 것이 니 또 한 번 저번과 같은 일이 발생한다면……."

카리엘이 더는 말하지 않고 검을 곁눈질하자 사색이 된 대 신들이 황급히 허리를 굽혔다.

그 모습에 만족하며 고개를 끄덕인 카리엘은 다음 안건으 로 넘어갔다.

"탈로스와 로테온의 마스터가 이끄는 군대가 아이론에 들 어섰다."

"소신이 가겠습니다."

데이비어 공작의 말에 카리엘이 미안한 표정을 지었다. 카 리엘이 명을 내리기 전에 자진해서 나서는 공작의 모습에 한 숨을 쉬면서 말했다.

"전쟁을 치른 지 얼마 되지도 않았는데 다시 전쟁터로 보내 미안하군. 전쟁이 끝나면 그대의 희생은 반드시 보답하겠다."

그렇게 말한 후 중앙군 일부를 움직일 권한을 주고 곧바로 다음 안건으로 넘어갔다.

"공국에서 제국에 지원 요청을 해 왔다."

"설마……."

"로만이 대군을 이끌고 공격할 준비를 한다더군."

그렇게 말한 카리엘이 그림자들이 가져온 자료들을 나눠 주었다. 해적왕에게 전해 들은 소식을 기반으로 그림자들에 게 조사시켜 완성된 자료들이 뿌려지자 귀족들의 얼굴에 노기가 서리기 시작했다.

"탈로스와 로테온은 오늘부로 명확히 제국의 적이 되었다. 이에 반대하는 이가 있는가?"

카리엘의 물음에 대전 안에 모인 모든 이들이 고개를 숙였다.

자료에 담긴 탈로스와 로테온이 로만과 밀약을 맺은 정황과 때맞춰 대군을 움직인 로만의 정황은 사전에 준비가 된 것이 아니고서야 있을 수 없는 것이었다.

"공국으로 보낼 병력의 사령관을 정할까 하는데……."

"소신이……."

"그대는 남게."

월크셔 공작이 나서려 하자 카리엘이 단호하게 고개를 저었다.

"그대는 오늘부터 폐관에 들어가게. 이것은 짐의 명령이다."

"폐하……."

"제국을 위해 벽을 깨고 위대한 경지에 오르게. 그것을 최우선으로 삼아야 할 것이야."

마도사의 경지를 코앞에 둔 월크셔 공작.

소드 마스터와 달리 마법사라는 족속들은 벽에 다다를 때마다 명상을 통해 그동안 습득한 것에 대한 고찰하는 시간이 필요했다.

그렇게 자신이 익힌 마법에 대한 모든 것을 다시 들여다본 후에야 비로소 마도사라는 경지에 오를 수 있음을 알기에 카리엘은 월크셔 공작에게 시간을 주기로 했다.

"공국은 아켈리오 후작을 보내도록 하지."

"폐하! 수도에 마스터 한 명은 있어야 하옵니다."

월크셔 공작의 말에 카리엘이 고개를 저었다.

"제국의 수도는 마스터가 없어도 강력하다. 그리고 불안하다면 그대가 마도사가 되면 될 일 아닌가?"

카리엘의 말에 월크셔 공작은 눈을 커다랗게 떴다가 허리를 숙였다.

"……폐하의 기대에 반드시 부응하겠습니다."

"그렇다고 너무 조급해 말도록."

그렇게 말한 카리엘이 아켈리오 후작을 불렀다.

얼마 후, 아켈리오 후작이 도착하자 카리엘은 보검을 들어 그에게 건넸다.

"황궁 기사단 1개 조와 중앙군 기사단 2개 조를 붙여 주지. 대공가의 기사단도 합류할 걸세."

"예."

"동부 사령관과 함께 철벽을 돕게."

"명을 받듭니다."

아켈리오 후작이 고개를 숙이면서 답하자 만족스레 고개를 끄덕인 카리엘이 대전 회의를 파했다.

이로써 서대륙에 있을 거대한 전쟁을 대비할 모든 준비가
끝났다.

이제 남은 건 당당히 승리해 과거의 영광을 되찾는 것뿐.

서서히 시작되는 혁명!

대전 회의가 끝난 후, 카리엘이 명한 것들은 곧바로 이루어졌다.

며칠은 걸릴 거라 예상했던 것과 달리 군부대는 사전에 준비한 것처럼 곧바로 나누어 출발할 준비를 마쳤다.

동시에 아이론과 공국으로 지원할 물자들 역시 빠르게 준비되었다.

하지만 이 모든 것보다 빠르게 진행된 게 바로 새로운 관료들을 뽑는다는 공고문이었다.

모든 부처에서 인원을 뽑는다는 공고문이 붙었다.

하지만 전처럼 귀족들을 뽑는 게 아니었다. 그렇다고 아카데미 출신만 뽑는 것도 아니었다.

"자체적으로 시험을 본다고?"

"흠…… 한번 해 볼까?"

"어차피 귀족들만 뽑을걸."

공고문에 혹했던 평민들에게 고개를 절레절레 흔들면서 말하는 한 남자.

그런 남자에게 근처에 있던 남자가 신문을 그의 얼굴로 들이밀었다.

"이걸 보게."

"이건…… 뭐요?"

"폐하께서 평민들에게도 기회를 주자고 주장하셨고 통과되었네."

"저…… 정말이오?"

남자는 믿을 수 없다는 표정으로 조간으로 나온 신문을 자세히 들여다보았다.

"이번만큼은 귀족들만 뽑지는 않을 거라고 보네. 그동안 우리에게도 기회를 주기 위해 폐하께서 어떤 노력을 하셨는지는 잘 알지 않나?"

현 황제가 황태자 시절부터 평민들에게도 기회를 주고자 한 것은 제국민이라면 누구나 알고 있는 사실이었다.

그리고 바로 어제, 대전 회의에서 귀족들을 상대로 승리하면서 자신의 주장을 관철시킨 것을 공영 신문이 대대적으로 알린 것이 바로 남자가 들고 있는 신문이었다.

"이번엔 정말……."

"당장 시험을 보러 가세. 폐하의 기대에 부응해야 하지 않 겠나?"

중년 남자의 말에 젊은이가 고개를 끄덕이고는 황급히 중 앙 부처로 향했다.

꽃

아침이 되자마자 수도에서 조금 배운 자들은 대거 중앙 부 처로 몰려들었다. 지방까지 소식이 닿는다면 앞으로 더 많은 이들이 몰려올 것이다.

물론 지원한 자들 중에 쓸 만한 자들은 극소수에 불과할 것이다.

하지만 이것 자체가 변혁의 첫걸음이었다. 평민들도 할 수 있다는 희망을 갖게 되는 순간 배움에 대한 열망이 높아질 것이기 때문이다.

"폐하, 여기…… 지원자들에 대한 보고서입니다."

황제의 집무실로 찾아온 재상이 직접 보고서를 건네자 그 것을 받아 든 카리엘이 차분히 살펴보았다.

"생각보다 많군?"

"예, 다행이긴 합니다만……."

"대부분이 걸러지긴 하겠지. 그래도 나쁘지 않아."

카리엘의 말에 재상이 쓴웃음을 지었다.

"몇 년만 지나도 쓸 만한 자들이 무더기로 쏟아지겠지."

돈이 없어 포기한 자들.

신분에 의해 절망한 자들.

인맥이 없어 올라오지 못한 자들.

이런 자들이 전부 기회를 얻을 것이다. 재상도 그걸 알기에 작게 고개를 끄덕였다.

귀족들이 그토록 막고자 했던 것.

평민들이 희망을 품는다는 건 곧 배움에 대한 열망과 위로 올라갈 수 있다는 희망이 결합되어 귀족들을 밀어낼 것이기 때문이다.

"귀족들이 중심이 되는 체제는 언젠간 무너졌을 걸세."

쓴웃음을 짓는 윈스턴에게 카리엘이 위로하듯 말했다.

현재 내전 중인 아이론이란 나라가 존재하는 이상 언젠가는 귀족이라는 신분제가 없어질 것이기 때문이다.

신분제 때문에 능력이 있음에도 더 올라가지 못한 자들이 모여 만든 나라.

그것이 바로 아이론이었다.

이미 제국은 오래전부터 이들의 영향을 받고 있었고, 그렇게 해서 생겨난 것이 혁명 세력이었다.

"거스를 수 없다면 이용해야지. 안 그런가?"

"……맞사옵니다."

쓴웃음을 지은 윈스턴이 맞다는 듯 고개를 끄덕였다.

어차피 귀족들의 바람은 이루어지지 않는 소망에 불과했다. 그렇다면 자신들이라도 살아야 했다.

"괜히 더 뽑으려 하지 말고 딱 커트라인을 넘는 자들만 뽑게."

"부족한 자들을 전부 동부에서 차출하실 생각입니까?"

카리엘이 고개를 끄덕이자 윈스턴이 한숨을 쉬었다.

지원자는 넘쳐 났다.

하지만 그들 중에 진짜 도움이 될 만한 자들을 극소수였다. 아카데미를 나온 귀족들조차 도움이 안 되었는데 배움이 부족한 평민들이 얼마나 뽑힐까.

그렇다는 건 동부에 있는 혁명 세력들을 대거 뽑겠다는 뜻과 다름없었다.

"걱정 말게. 그대가 걱정하는 일이 발생하지 않도록 만약의 사태를 위한 방안을 마련해 두지 않았나."

샤스타 대처 자작.

혁명 세력이 함부로 난동을 부리지 못하도록 막을 인물을 만들었다.

귀족파를 대표하는 것처럼 보이지만 사실상 혁명 세력을 견제하게끔 만들기 위한 인사 조치였다.

카리엘도 혁명 세력의 위험성을 잘 알고 있었다.

그렇기에 귀족들로 하여금 그들이 엇나가지 않도록 견제

하게 할 생각이었다.

혁명 세력이 원하는 건 급진적인 변화였다. 그것을 막기 위해선 대처처럼 단호한 인물이 필요했다. 악명을 쌓을지라도 절대 물러섬이 없는 인물이어야 했는데, 그러던 중 카리엘의 눈에 띈 게 대처였다.

"다음 계획을 진행하게."

"……예."

카리엘의 명령에 재상이 고개를 숙이며 물러났다. 귀족들과의 합의로 평민들을 대거 기용하게 되었지만 카리엘은 이 것으로 끝낼 생각이 전혀 없었다.

전쟁이라는 명분이 있는 이상 더 많은 평민들을 등용할 수 있는 기회였다.

과거, 신분제가 지금보다 훨씬 강력했을 시절에 평민들이 유일하게 귀족이 될 수 있었던 길.

그것을 부활시킬 생각이었다.

마침 내전과 소국 연합과의 전쟁으로 많은 사상자들이 나오면서 병력이 줄었고, 그로 인해 완편되지 못한 부대가 수 두룩했다.

그런 부대들을 위해서 카리엘은 또 다른 공고를 냈다.

-제국을 위해 입대하라! 5년만 채우면 모든 죄를 사해 주겠다.

자극적인 문구가 들어간 공고.

카리엘이 직접 쓴 문구를 복사해서 여기저기 붙인 이 공고문은 특히 잡범들에게 인기가 있었다.

수도의 범죄 조직을 한 번 쓸어 버렸던 터라, 범죄자들이었던 이들이 감옥에 갔다 나와서 할 일이 없어졌다.

죗값을 받고 나왔음에도 불구하고 과거의 범죄 경력 때문에 취업이 안 되는 것이다.

그렇기에 좌절하고 있던 이들에게 이것은 한 줄기 희망이었다.

-최전방에서 전공을 세워 훈장을 받으면 준남작에 봉함.

평민들이 귀족이 될 수 있는 또 하나의 기회가 열리자 이번엔 군부로 사람들이 몰려들었다.

주로 밑바닥을 전전하던 사람들부터 아직 어린아이들까지 몰려들었다.

연이은 전쟁 그리고 흑마법사들을 쓸어 버리는 과정에서 일어난 일들은 많은 제국민들을 가난하게 만들었다.

그렇기에 거지나 부랑자들이 많이 생겨났는데, 그런 이들을 위해 살길을 열어 준 것이다.

"모든 부대를 완편시켜. 그리고 어린 지원자들은 따로 모아서 교육시켜."

"폐하, 너무 많은 이들을 뽑으시는 것 아니옵니까?"

"재물은 충분해. 부족하면 내 사비를 털지."

카리엘이 사비를 턴다고 말하자 뭐라 말하려던 군부대신이 고개를 숙였다.

부족한 자금은 황제의 사비로 충당한다는데 뭐라 한단 말인가?

그런데 카리엘은 그것으로 끝내지 않았다.

"이것들을 필사해서 제국의 모든 군부대에 뿌려라. 앞으로 모든 병력들을 가르치는 데 사용될 것이다."

"이…… 이건……."

군부대신이 카리엘이 준 것을 보고 당황했다.

"폐하! 이것은……."

집무실 한쪽에 쌓여 있는 무서들.

기초가 되는 마나 수련법부터 기초적인 무기술들이 쌓여 있었다.

그런데 그것뿐만이 아니었다. 웬만한 귀족 가문이라면 비기로 삼을 만큼 높은 수준의 무서도 있었다.

"나와 친위대가 고르고 고른 것들이다. 각기 다른 재능을 갖고 있으니 재능에 맞게 분류해서 훈련시키도록."

"폐하, 이것을 공개하면……."

당황하는 군부대신에게 카리엘이 서랍에서 또 다른 책들을 꺼내 들었다.

"이것은……."

"나의 친위대가 만든 것들이다."

토토가 만든 체력 단련법.

이리스가 만든 기본 체술.

브리온이 만든 기본적인 치유술과 약초술, 그리고 생존법.

"마지막으로 이건 불의 재능이 있는 이들이 익히게 될 마나 수련법일세."

카리엘의 말에 당황하는 군부대신.

아르슈나가 만든 기초적인 마나 수련법은 사실 카리엘의 투술에서 따온 것이다.

미래의 황족들을 위해 만들게 한 이 수련법이 이렇게 쓰일 줄은 카리엘도 미처 예상하지 못한 부분이다.

하지만 카리엘이 황제가 되면서 제국민들에게 화기에 대한 재능이 내려졌다는 반투명한 창에 적힌 글을 분명히 보았다.

이게 사실이라면 아르슈나가 만든 수련법이 큰 도움이 될 것이다.

"……귀족들이 반발할지도 모릅니다."

"이곳에 있는 마나 수련법이나 무서 중에선 고위 귀족 가문의 것보다 수준 높은 것도 있다. 오히려 환영할걸."

카리엘의 말에 군부대신이 입을 다물었다. 확실히 하위 귀족 가문은 이 선택을 환영할지도 모를 일이다.

그들에게도 더 높은 곳으로 향할 수 있는 기회가 될 테니 환영할 만했다.

특히 몰락 귀족들은 더더욱 그러했다.

"시종들을 시켜 보내 주지. 최대한 빨리 필사해서 군부에 보내도록."

"……그리하겠습니다."

카리엘의 명령에 한숨과 함께 물러나는 군부대신.

그 모습을 보면서 카리엘이 조용히 중얼거렸다.

"이제 남은 건 마탑뿐인가?"

마공학의 결정체라 볼 수 있는 비공선과 열차의 양산을 위해서라도 마탑만큼은 확실히 굴복시켜야 했다.

'만약 굴복하지 않는다면…….'

끝까지 자신의 기득권을 내놓지 않는다면 마탑을 밀어 버릴 생각까지 하고 있었다.

당장에야 불편하겠지만 마공학이 있던 자리를 공학이 서서히 대체할 것이고, 자유 마법사나 낮은 등급의 마법사들이 마공학을 연구하면서 마탑의 유산을 따라잡을 것이다.

"그렇게 되지 않기를 바랄 수밖에……."

그렇게 중얼거린 카리엘이 마탑을 조질 준비를 시작했다.

아직은 때가 아니었다.

마탑이라는 거대한 기득권을 조지기 위해서는 지금의 체제가 어느 정도 안정화된 이후에 해야 할 필요가 있었다.

적어도 동부에서 온 혁명 세력이 어느 정도 자리를 잡은 이후에 이루어져야 했다.

그걸 알기에 인내심을 가지고 지금 벌어지는 일들에만 집중했다.

"폐하, 탈로스군이 본격적으로 침공했다 하옵니다."

타리온을 통해 들려오는 급박한 보고들.

"데이비어 공작은?"

"아직 아이론에 도착하지 못했습니다."

"서부군과 남부군으로 시간을 끌 수 있나?"

"현실적으로는 어렵습니다."

마스터라는 결전 병기가 없는 이상, 시간을 끄는 것도 힘들었다.

천하의 남부 변경백이라고 하더라도 자국 내 영토도 아닌 타지에서는 온전한 힘을 발휘하기가 어려웠다.

"로테온은?"

"움직이지 못하고 있습니다."

"그나마 다행이군."

탈로스보다 먼저 아이론에 도착한 로테온은 반제국파 세력들과 힘을 합쳤다.

그렇기에 서부군 역시 친제국파와 힘을 합쳤다.

그 때문인지 로테온은 쉽사리 움직이지 못했다. 그들이 자랑하는 해군은 서부군에 막혔고, 주력군 역시 아이론의 마스터가 포함된 정예군을 뚫지 못했기 때문이다.

결국 남은 건 탈로스뿐인데, 몇 차례의 전투로 듬성듬성 이가 빠진 부대로는 남부 사령관의 힘으로도 버티기 힘들었다.

"데이비어 공작에게 최대한 빨리 도착해 달라고 전해."

"예!"

카리엘의 명령에 고개를 숙이고 사라지는 타리온.

상황이 급박하게 돌아갔다.

자신이나 아이론을 공격하는 남부 왕국들이나, 이 전쟁이 시간 싸움이라는 것을 누구보다 잘 알았다.

제국이 체제를 정비하고 본격적으로 병력을 파견하기 전에 아이론을 장악하느냐 못 하느냐의 싸움.

그것을 알기에 카리엘도 그림자들을 다수 아이론으로 파견해 두기까지 했다.

하지만 절대적인 병력의 열세는 어쩔 수가 없었다.

"시간이 필요해. 시간이……."

그렇게 중얼거린 카리엘이 한숨을 쉬었다.

매일같이 잠도 줄여 가며 일하고 있음에도 상황은 점점 더 촉박하게 돌아가고 있었다.

그렇기에 매일같이 초조한 마음으로 일했다.

"그지 같은 상황이군."

마치 전생으로 돌아간 것 같은 엿 같은 기분에 이를 갈 때였다. 시종장이 오랜만에 카리엘의 기분을 흡족하게 만들 만한 소식을 듣고 찾아왔다.

"폐하, 동부에서 사람들이 도착했습니다."

시종장의 말에 카리엘의 얼굴이 환해졌다. 그런 그에게 시종장이 빙그레 웃으면서 서신 하나를 건네주었다.

"세일럼에서 보낸 서신입니다."

카리엘이 황급히 마르크스가 직접 쓴 서신을 읽어 내려갔다.

-폐하, 소신의 제자를 올려보냅니다.

-부족한 부분이 많은 아이지만 인력 부족에 조금이라도 도움이 되기를 바라옵니다.

-제자의 이름은 루터 W 비스마르크이옵니다.

짧게 적힌 서신을 보면서 카리엘의 눈이 커다랗게 떠졌다.

"이 녀석이……."

카리엘은 자신도 모르게 놀랐다. 전생에 자신이 제국을 다스리는 데 엄청난 도움을 주었던 녀석이 수도로 올라오고 있었기 때문이다.

"아직 어릴 텐데……."

자신이 아는 녀석이 맞다면 아직 어리다. 그걸 알기에 카리엘도 당장 인재가 급해도 천천히 찾아볼 생각을 했던 것이다.

그런데 이렇게 찾아올 줄은 예상하지 못했다.

"폐하, 세일럼 시장이 보낸 자가 찾아왔습니다."

"들라 하라."

카리엘의 명령에 집무실 문이 열리고 아직 어린 청년 하나가 찾아왔다.

"폐…… 폐하를 뵙습니다."

긴장한 기색이 역력한 어린 청년을 보면서 카리엘이 피식 웃었다.

'귀엽네.'

전생에선 삶에 찌들었는지 매일 퉁한 표정을 하고 다니던 녀석이 지금은 겁을 잔뜩 먹어서 식은땀을 뻘뻘 흘리는 모습이 퍽 귀여웠다.

"마르크스의 제자라고?"

"과, 과분하게도 그렇사옵니다."

"흠…… 도움이 되기 위해 찾아온 것은 가상하지만 아직 너무 어리구나."

카리엘의 말에 루터의 표정이 시무룩해졌다.

그 모습을 보면서 피식 웃은 카리엘이 다시 입을 열었다.

"마르크스가 이곳으로 보냈다면 그걸 감안하고서도 쓸 만한 인재라는 뜻이겠지?"

그 말에 루터의 안색이 다시금 환해졌다.

"같이 온 자들 중에 너처럼 어린 자들이 있느냐?"

"소, 소인이 제일 어리옵니다. 다만 다섯 살 이내로 차이 나는 사람들은 꽤 있습니다."

루터의 말을 들은 카리엘이 재밌는 생각이 떠올랐다.

'이참에 아카데미도 개혁해야겠어.'

그렇게 생각한 카리엘은 루터를 향해 말했다.

"아무리 마르크스의 추천이 있다고 하더라도 곧바로 등용하기는 어렵다. 나이가 너무 어리구나."

카리엘은 또다시 시무룩해지는 루터에게 빙그레 웃으면서 말했다.

"증명을 해 보거라."

"증……명 말이옵니까?"

"그래. 네가 어린 나이에도 쓸모가 있다는 것을 증명해 보거라."

그렇게 말한 카리엘은 시종장을 불렀다.

"이 녀석과 같이 온 자들을 전부 모아서 아카데미로 보내게."

"예."

카리엘의 명령에 시종장이 대답과 동시에 밖으로 나갔다.

"아카데미가 썩었다는 것은 알고 있겠지?"

"……그렇습니다."

"그 아카데미를 한번 개혁해 보거라. 오직 능력으로만 인정받을 수 있는 아카데미. 그것을 만들어 보거라."

카리엘이 명확한 목표를 던져 주자 루터의 눈빛이 빛나기 시작했다.

전생에도 그랬던 것처럼 명확한 목표에 루터의 표정이 달라졌다. 긴장했던 모습을 사라지고 반드시 목표를 이루고 말겠다는 의자가 눈에 깃들었다.

"아무리 재능이 있다 한들 지원이 없다면 힘들겠지. 너희들의 학비는 전부 내가 대 주겠다. 또한 너희들이 아카데미를 개혁할 수 있도록 도울 이를 보낼 것이다."

"도울 이…… 말입니까?"

"그래. 너와 함께 아카데미로 가서 개혁을 이끌 이들은 바로 내 동생들이다."

카리엘의 말에 눈을 동그랗게 뜨는 루터.

"두 황자님들이……."

"그러니 잘해 보거라. 아카데미가 개혁된다면 너를 중히 쓰마."

"……반드시 폐하의 기대에 부응하겠습니다."

이를 악물고 말하는 루터를 보면서 작게 고개를 끄덕인 카리엘이 그를 내보냈다.

그리고 곧바로 시종을 시켜 두 동생들을 불렀다.

지금도 각 부처에서 열심히 구르고 있는 동생들이었지만, 사실 포지션이 애매했다. 황자들이었지만, 여전히 경험이 부족했다.

자신들 입장에선 그동안 나름 굴렀다고 생각하겠지만 여

전히 부족한 부분이 많았기에 배워야 할 처지였다.

예전이야 황위에 오를 자를 정하기 위해서 반강제로 일을 시켰다지만 지금은 달랐다.

어차피 카리엘도 한동안은 은퇴 생각은 저 멀리 던져두었으니, 동생들이 진짜 '성장'할 수 있는 시간을 주어야 했다.

"부르셨습니까?"

"폐하?"

자신들을 부른 카리엘이 빙그레 웃고만 있자 루피엘과 세리엘이 고개를 갸웃거렸다.

"서류 지옥에서 벗어나고 싶지?"

카리엘의 물음에 움찔하는 동생들.

그런 그들의 마음을 잘 안다는 듯 카리엘은 자리에서 일어나 두 사람의 어깨를 두드려 주었다.

"잠시나마 이 지옥에서 벗어나게 해 줄까?"

은근한 어투로 제안하는 카리엘을 보면서 두 동생들이 황급히 고개를 끄덕였다.

그런 그들을 보며 카리엘이 빙그레 웃었다.

"아카데미에 들어가라."

"예?"

"갑자기 아카데미에요?"

카리엘의 말에 동생들이 고개를 갸웃거렸다.

이제와서 아카데미라니?

사실 둘의 수준은 이미 아카데미의 수준을 넘어섰다. 한때 오랜만에 등장한 천재 황족들이란 타이틀을 갖고 있는 만큼 둘 모두 상당한 실력을 쌓았다.

　전쟁을 경험하면서 둘 다 기사나 정식 마법사에 준하는 실력을 갖췄고, 무엇보다 행정 업무 역시 초짜 관료들과는 비교할 수 없을 정도로 능숙해졌다.

　다만 카리엘이 굴려 대는 중앙 부처의 관료들이 워낙 유능하다 보니 상대적으로 못나 보일 뿐인 것이다.

　"그냥 가라는 게 아니야. 임무를 하나 줄 거야."

　"임무 말입니까?"

　세리엘이 고개를 갸웃거리자 카리엘이 고개를 끄덕였다.

　"세리엘 넌 황립 아카데미를 개혁해야 한다. 학생회장을 맡아서 썩어 버린 교사들부터 학생들까지 전부 쳐 내."

　카리엘의 명령에 세리엘이 생각보다 큰 임무에 침을 꿀꺽 삼켰다.

　"이 임무의 위중함은 잘 알겠지?"

　"……예."

　"반드시 성공해야 한다."

　"예, 꼭 성공하겠습니다."

　굳은 표정으로 고개를 끄덕이는 세리엘을 본 카리엘은 루피엘에게로 시선을 돌렸다.

　"네 임무는 세리엘보다 더 중요해."

"아카데미 개혁보다 더 말입니까?"

루피엘이 그런 게 있냐는 듯 고개를 갸웃거렸다. 아카데미 내에서 저것보다 더 중요한 임무가 있을까 싶은 표정이었다.

"가서 마법학부를 장악해."

"그 정도는……."

"교사들조차 간섭할 수 없을 만큼 완벽하게 장악해야 해."

카리엘의 말에 루피엘이 이 임무가 어떤 것인지 대충 알 수 있었다.

"마탑의 견제를 이겨 내라는 말입니까?"

"그래."

마법학부의 교사들은 마탑 출신들이 많은 만큼 루피엘이 뭘 하려고 할 때마다 방해할 가능성이 있었다.

루피엘은 그 모든 걸 이겨 내고 마법학부를 완전히 장악해야 하는 것이다.

"장악이 끝이 아니야. 마공학과 공학을 발전시킬 방법을 찾아봐. 아카데미로 쓸 만한 인재들을 보낼 테니 그들을 이용해."

"설마…… 마탑을 치려는 것입니까?"

루피엘의 물음에 카리엘이 작게 고개를 끄덕였다.

마공학으로 인해 제국의 산업 전반에 막대한 영향을 끼치고 있는 마탑.

철저한 중립으로 어떠한 파벌 싸움에서도 피해 없이 이득만을 취해 왔던 마탑이다. 그로 인해 자연스레 영향력도 커져서 이제는 제국에 암적인 존재로 성장했다.

"네 외가를 끌어들이든 나에게 도움을 요청하든, 뭔 짓을 해도 상관없어."

"……가장 쉬운 방법은 교수들을 끌어들이는 것이겠군요."

"할 수 있다면."

"후…… 한번 해 보겠습니다."

루피엘이 자신 없다는 표정을 지었지만 이내 주먹을 불끈 쥐며 고개를 끄덕였다.

"너희들의 임무가 중요해. 향후 아카데미에서 졸업한 인재들이 이 나라를 장악하게끔 할 거야."

"정말로 혁명이라도 하려는 겁니까?"

"필요하다면."

세리엘의 말에 카리엘이 굳은 표정으로 말했다.

"지금보다 더 큰 위기가 오고 있어. 현재의 상태로는 그 위기를 넘기기 어렵다."

"……더 큰 위기……."

"후……."

지금보다 더 큰 위기가 온다는 말에 상상이 잘 안 되는 듯 한숨을 쉬는 동생들.

"위기가 무엇인지는 나중에 알려 줄게. 그러니까 지금은 아카데미에만 집중해."

"예."

"네."

굳은 표정으로 대답하는 동생들을 보며 작게 고개를 끄덕인 카리엘은 그들의 어깨를 두드리며 말했다.

"너희들만 믿는다."

두 사람은 어딘가 축 처진 모습으로 인사를 하고 방에서 나갔다.

그러나 의도적으로 부담을 팍팍 준 것이었기에 카리엘은 한숨을 쉬며 하늘을 바라볼 뿐이었다.

바로 그때, 작은 불덩이가 허공에서 나타났다.

-아직 멀었냐?

"좀 남았어."

오랜만에 나타난 수르트를 보면서 카리엘이 한숨을 쉬었다.

-쯧! 빨리 시작해야 하는데 미적거리기는…….

"어쩔 수 없잖아."

지금은 황제인 자신이 손을 놓아 버리면 안 될 시기였다. 적어도 체제가 어느 정도 안정될 때까지는 자신이 계속 대신들에게 명령을 내리면서 직접 관리해야 했다.

"어차피 나 혼자 막을 수 있는 것도 아니잖아. 제국을 발전시켜야 그나마 희망이라도 걸어 볼 수 있지."

-에휴…… 나나 스콜처럼 쉽게 생각하면 안 돼. 가름은 지금

잠들어 있을 뿐이야.

"알아."

─온전한 힘을 가진 녀석에게 지금의 네가 맹약을 들이민다 해도 들어먹히지 않을 거다. 최소한의 자격은 갖추어야 해.

수르트의 조언에 카리엘이 작게 고개를 끄덕였다.

가름에게 인정을 받기 위한 최소한의 조건. 그것을 갖추기 위해선 지금 당장이라도 수련에 들어가야 했다.

태초의 불을 더 키우고 그 힘을 몸에 완벽히 안착시켜야 했다.

"조금만 시간을 더 줘."

─후…… 그래.

그 말과 함께 다시금 허공에서 사라지는 수르트.

그가 있던 자리를 바라보면서 쓴웃음을 지은 카리엘은 하늘을 바라보았다.

멸망이 다가오는 기분이 이런 것일까?

앞이 깜깜해서 막막하기만 길을 등불 하나에 의지하며 천천히 걸어 나가는 기분이었다.

"그래도 해내야겠지."

그렇게 중얼거리며 카리엘이 이를 악물었다.

자꾸만 전생의 미리엘이 떠올랐다.

마지막까지 항전하면서 인류를 지키고자 했던 미리엘.

그런 그녀를 지키던 글렌이 무너지고 미리엘 역시 무너지면서 제국은 무너졌다. 다시는 그런 일이 벌어지지 않게끔 더 단단히 준비해야 했다.

"……오랜만에 미리엘이나 보러 갈까?"

그때 집무실 밖에서 시종의 목소리가 들렸다.

"폐하, 재상이 폐하를 뵙고자 하옵니다."

'오늘도 미리엘을 보는 건 글렀군.'

보나마나 엄청난 양의 보고서를 가지고 왔을 거라는 생각에, 오늘도 야근 각임을 깨달은 카리엘은 나직이 한숨을 쉬었다.

해도 해도 끝이 보이지 않는 서류 지옥 속에 다시금 빠져든 카리엘.

그리고 그런 카리엘을 늙은 몸으로 뒤따르는 윈스턴.

이들의 희생 속에서 오늘도 제국은 어찌어찌 돌아가고 있었다.

※

그렇게 카리엘을 비롯한 대신과 관료들이 밤낮없이 일하는 동안 마침내 시험을 통과한 이들이 하나둘 부처에 배속되기 시작했다.

동시에 동부에서 올라온 인재들 역시 자체 시험을 통과해 나갔다.

얼마나 다급했는지 시험을 통과하자마자 곧바로 채용하며 데리고 가는 관료들의 모습에 태클을 걸어 보려던 귀족들까지 헛기침하면서 물러났을 정도였다.

"폐하, 사람이 부족합니다."

"아직도?"

"예."

오늘도 사람이 부족하다고 찾아온 재상을 보며 미간을 찌푸린 카리엘.

"귀족원에 이관할 수 있는 업무가 뭐가 있지?"

"음…… 한번 찾아보겠습니다."

평민들과 혁명 세력을 등용한 이상 전처럼 귀족원을 배제할 필요가 없었다.

등용할 수 있는 모든 사람들을 등용했음에도 인력이 부족하다?

그럼 놀고 있는 자들을 굴릴 수밖에 없었다.

재상도 이에 동의하는 듯, 각 부처에서 귀족원에 넘길 수 있는 모든 업무를 이관시킬 준비를 했다.

그러자 당황한 건 귀족원이었다.

자신들을 견제하기만 했던 카리엘이 업무를 줄 줄은 예상하지 못했기 때문이다. 이에 당황한 귀족들이 카리엘을 찾았지만 오히려 업무만 더 늘어났다.

"혁명 세력을 견제하고자 한다며? 귀족들의 권위를 지키려면 노력을 해야지. 안 그래?"

카리엘의 말에 벙어리처럼 입이 다물린 귀족들이 사색이
되었다.

"그런 의미에서 요것도 좀 가져가라?"

그렇게 말하면서 방긋 웃는 카리엘.

분명 위대한 황제이건만 왜 그의 얼굴에서 악마가 보이는
지 모를 일이었다.

제국에서 불어오는 변혁의 바람이 아이론까지?

제이론의 아성을 넘보기 위해 로테온과 손을 잡은 이들.

그리고 이들을 벌하기 위해 제국의 군대를 들여온 아이론 정부.

둘 다 이번 일로 인해서 아이론이 분열될 가능성도 있다는 것을 알고 있었다.

하지만 멈출 수가 없었다.

제이론이 제국과 손잡기로 한 후부터, 어쩌면 홀로 압도적인 상단을 거느리기 시작할 때부터였을지도 모른다.

"……최악이군."

친제국파나, 반제국파도 아닌 중립에 위치한 중소 규모의 상단주들이 늙은 한 상단주의 말에 한숨을 쉬었다.

거대 상단들의 싸움의 여파로 중소 상단들은 생존을 걱정해야 하는 처지가 되었다.

그들은 손해를 보는 선에서 끝나지만 중소 상단은 그 여파로 해체되기 때문이다.

"어쩌다 이 국가가 이리되었지?"

늙은 상단주가 과거의 아이론을 회상했다.

시작은 차별 없는 사회를 만들기 위해서였다.

하지만 어느새 아이론 내부에서 돈에 의해 신분이 나뉘면서 제국보다 더한 지옥이 되어 버렸다.

그토록 경멸하던 노예들.

권력이 싫어 나왔음에도 스스로 권력을 휘둘러 억압하는 이들.

그걸 이용하는 온갖 범죄 조직들.

이 모든 게 아이론이라는 국가 내에서 일어나고 있었다.

그럼에도 겉으로 보기엔 자유로운 국가처럼 보이는 것은 수많은 상단들이 막대한 돈을 벌어들이면서 도시 전체를 발전시키고 있었기 때문이다.

하지만 강제성이 없는 연맹체에는 한계란 존재하는 법.

각자의 이득에 따라 일부만 합의를 보기 때문에 일반 사람들에 대한 처우는 그토록 경멸하는 제국보다도 훨씬 심각했다.

이런 상황이 한 명의 압도적인 재능을 가진 자가 등장하면서 서서히 바뀌기 시작했다.

'제이론 폴.'

압도적인 상인의 재능으로 막대한 돈을 벌어들이기 시작
하더니, 어느새 아이론 내에서 가장 강력한 상단으로 키워
냈다.

그 이후, 지역 상인 협회장에서 아이론 전체를 대표하는
연맹주의 자리에 오르면서 조금씩이지만, 밑바닥에 있는 자
들의 처우를 개선시켜 나갔다.

스스로 가장 많은 돈을 내놓으면서 연맹체 내의 상단들로
부터 일정 부분의 돈을 뜯어내 일반 사람들의 처우를 개선시
켰다.

그럼에도 불구하고 한계가 있었다.

막대한 돈을 쏟아부었음에도 이미 썩어 버린 밑바닥은 개
선될 여지가 보이지 않았고, 아이론 내의 수많은 상단들 역
시 불만이 쌓여 갔다.

그런 상황에서 제국과의 일이 터진 것이다.

제이론이 처음으로 패배한 이후 그의 절대적인 위치가 흔
들렸고, 결국 불만이 있던 상단주들이 반기를 들면서 현재로
이어졌다.

"……언젠가는 이런 일이 터질 것이라 생각했지. 하지만……
너무 아쉽군."

늙은 상인이 점점 망해 가는 아이론을 보면서 탄식했다.

그러자 다른 상인들 역시 한숨을 쉬었다.

서대륙 유일의 상인들을 위한 나라. 그 위대한 나라가 탐욕으로 인해 무너져 가는 모습은 안타까웠다.

그렇게 모두가 지금의 상황을 안타까워할 때였다.

아이론에 로테온과 탈로스의 군대가 들어오고, 제국군이 그것을 방어하면서 전쟁이 확대되어 갈 무렵, 제국으로부터 믿을 수 없는 소문이 들려왔다.

"제국이 변하고 있다고?"

"믿을 수 없군."

아이론에 있는 모든 상인들이 믿을 수 없다는 표정을 지으면서 소문을 부정했다.

하지만 이미 제국의 유일한 동부의 항구, 세일럼에 혁명 세력이 자리했다는 것은 들어서 알고 있었다.

현재 제국 내 혁명을 만드는 주체가 세일럼이었고, 그것을 만든 것이 현 황제 카리엘이었다.

그 황제가 이제는 중앙 정보에도 변혁을 일으키기 시작한 것이다.

그러자 아이론 내부가 조금씩 흔들렸다.

-아이론은 끝났다! 탐욕에 미친 자들을 버리고 고향으로 돌아가자!

-다시 부활하는 제국으로 돌아가자!

수도 여기저기에 붙어 있는 벽보였지만, 사람들은 큰 관심을 두지 않았다.

다들 이 소문을 믿지 않았기 때문이다.

세일럼을 다녀온 상인들이 말한 소문조차도 거짓으로 치부했는데, 제국이 변한다는 사실을 믿을 자는 존재하지 않았다.

제국에서 벗어나 자유를 쟁취하기 위해 나온 상인들의 마음속에는 제국에 대한 깊은 불신이 깔려 있었다.

그렇기에 아이론 내부에서 일어나는 불길은 더 번지지 못했다.

그러나 분명한 건 아이론에도 제국에 대한 소식이 계속해서 들려오고 있었고, 이것이 쌓이다 보면 언젠가는 거대한 불길로 변할 거라는 점이다.

그것을 알기에 아이론 내부에 있는 혁명 세력은 조용히 때를 기다렸다.

언젠가 위대한 제국에 다시금 돌아갈 그날을 위해서…….

그렇게 아이론이 혼란에 빠져들 때, 제국은 바쁘게 움직이고 있었다.

그 중심인 황궁은 매일같이 사람으로 북적거렸다.

"폐하, 아이론에 대한 보고서입니다."

오늘도 어김없이 찾아온 타리온이 아이론에 관한 보고서를 올리자 지친 표정으로 천천히 읽어 내려가는 카리엘.

"……반응이 예상 이상인데?"

"저 역시 보고를 받고 몇 번이나 의심했습니다."

카리엘의 말에 타리온 역시 놀랐다는 듯 고개를 끄덕이며 말했다.

"어느 정도 영향은 있을 것이라 생각하긴 했는데…… 이 정도일 줄은 몰랐네."

자유를 갈망하는 자들이 모인 아이론이라면 제국에 부는 바람에 관심을 가질 것이라고는 생각했다.

하지만 이렇게 대놓고 제국으로 다시 돌아가자는 세력이 있을 줄은 몰랐다.

자유를 갈망하여 서쪽으로 떠난, 수많은 사람들.

그들은 이제 자유에는 대가가 따른다는 사실을 뼈저리게 느꼈다.

중심을 잡아 줄 존재가 없는 자유는 높이 비상할 수도 있지만, 반대로 끝도 없는 무저갱이 빠질 수도 있음을 알았다.

그런 그들이 보기에 제국은 매력적이었다.

변혁 속에서 중심이 되는 카리엘이라는 존재가 바닥을 만들어 줄 것이고, 비록 아이론만큼은 아닐 테지만, 어느 정도 자유가 보장된 제국은 수많은 사람들에게 기회를 줄 것이다.

하지만 남부 왕국들은 달랐다.

여전히 귀족의 정치를 유지하고자 하는 그들은 아이론에게는 그다지 좋은 선택지가 아니었다.

비록 아이론의 힘은 상위권에 있는 상단들이 독식한다지만 그들조차 바닥을 깔아 주는 수많은 상인들이 없다면 큰 힘을 발휘할 수 없다.

만약 이들이 제국을 지지하기만 한다면…….

'아이론을 집어삼킬 수도 있겠군.'

아이론을 공국처럼 동맹이나 속국의 형태로 만드는 것이 아닌 제국에 완전히 '복속'을 시킨다면 카리엘이 구상한 계획보다 훨씬 빠른 성장을 거머쥘 수 있을 것이다.

'아이론이 갖고 있는 신대륙에 대한 영향력, 그리고 세일럼을 통해 동대륙과의 교역에 성공만 한다면…….'

동대륙과 신대륙의 문물이 제국의 수도에 모인다. 그렇다는 건 엄청난 시너지를 발휘할 수 있다는 것을 뜻한다.

바로 그때, 마탑의 기득권을 무너뜨리고 마공학을 발전시킬 수만 있다면 전생의 발전을 훨씬 뛰어넘을 수 있게 된다.

'죽으란 법은 없는 건가?'

그렇게 생각하는 카리엘에게 타리온이 조심스레 품에 안고 있는 보고서 하나를 더 건넸다.

"그리고…… 폐하, 여기 공국의 요청서입니다."

"요청서?"

카리엘이 고개를 갸웃거렸다.

공국의 요청서를 본 순간 카리엘의 표정이 굳어졌다.

"정말 공국에서 이걸 요구했다고?"

"네."

"이거 공국에서 온 거 맞아?"

"예."

믿을 수 없다는 듯 연이어서 묻는 카리엘을 보며 타리온이 굳은 표정으로 대답했다.

-공국은 동부군의 상시 주둔을 원합니다.

간략한 내용.

하지만 그 안에 담긴 뜻은 전혀 가볍지 않았다.

"……근시일 내에 나와 공녀가 혼인하기를 원하는 건가?"

"그런 건 아닌 듯합니다. 그쪽 역시 미래에 폐하와 맺어지기를 희망하는 자들이 있긴 하오나 지금 당장 이뤄지기란 힘들 것이라 보고 있습니다."

"그럼 순수하게 요청한다는 것인데……."

카리엘은 이해가 안 간다는 표정을 지었다.

혈맹이라도 제국군이 공국 안에 상시 주둔하는 데에는 무리가 있었다.

제국의 군대가 한 나라 안에서 계속 머무른다는 것은, 그 국가가 제국의 속국임을 인정하는 것과 다르지 않았기 때문이다.

한데 소국도 아니고 공국이 그것을 원했다.

"공국의 상황이 그만큼 심각하다는 건데……."

"사실 현재의 공국의 상황이 좋지 않기는 하옵니다."

타리온의 말에 카리엘이 고개를 갸웃거렸다.

"세일럼의 발전으로 공국의 경제도 살아났을 텐데?"

현재 세일럼 항구에 사용되는 막대한 양의 자원들은 순전히 제국 내에서만 공수해 오는 게 아니었다.

가장 가까운 공국에서 빠르게 가져오는 게 많았다.

그로 인해 막대한 자금이 공국으로 흘러 들어가고 있었다.

카리엘이 저번에 보고받기로는 근시일 내로 흑마법사들에게서 입은 피해를 복구할 수도 있다고 했을 정도였다.

"탈로스가 공국에 대한 지원을 끊었습니다."

"……로만과 밀약을 맺었다는 걸 대놓고 드러내겠다는 건가?"

남부 왕국들은 서대륙의 일원으로서 절대 있어서는 안 될 일을 행했다. 그렇기에 철저하게 숨겨도 모자랄 판국에 공국에 대한 지원을 끊는다는 것은 그것을 인정하겠다는 말과 다르지 않았다.

공국에 대한 지원을 끊은 시점부터 서대륙에 사는 사람들의 강력한 반발마저 각오하겠다는 것을 드러낸 것이다.

"멈출 생각이 없다는 건가?"

"……예."

"로테온도 공국에 대한 지원을 접겠군."

"문제는 성국입니다."

돈이야 제국에서 버는 것으로 어느 정도 충족할 수 있다.

하지만 성국은 다르다. 그들이 파견한 사제들이 없으면 공국의 군사력은 유지될 수 없다.

그들이 파는 물약, 그리고 신성력을 통한 치유를 통해 지속적으로 피해를 입으면서도 철벽을 유지시킬 수 있었다.

그런데 성국이 사제들을 파견하지 않는다면?

더 이상 군사력이 유지될 수 없는 것이다. 그런 상황에서 로만의 대군을 막는 건 불가능에 가까웠다.

"제국 내에 성국의 영향을 받지 않는 신관들이 얼마나 되지?"

"성국 출신의 사제들 대비 15퍼센트 정도 됩니다."

"아직 미비하네."

"하오나 빠르게 늘고 있습니다."

타리온의 말에 보고서의 뒷장을 넘기자 엄청난 성장률을 보이고 있는 숫자들이 보였다.

과거 불을 섬기던 제국의 순수한 신앙.

성국에 의해 민간신앙으로 여겨질 정도로 격이 떨어졌던 그것이 카리엘에게 지원을 받으면서 엄청난 성장세를 보였다. 그런데 그걸 감안하더라도 너무 많았다.

"불의 신성력을 각성하는 이들이 빠르게 늘고 있습니다. 그들 대부분이 사제가 되기를 희망하면서 빠르게 성장세를 보이고 있습니다."

"공국이 이 사실을 알고 있나?"

"이 정도 성장세를 갖추고 있는 건 모를 겁니다. 다만 현재 동부에 제국의 사제들이 늘고 있음은 알고 있습니다. 무엇보다 세일럼에서 마법으로 포션이 만들어지기 시작한 것에 관심을 보인 것 같습니다."

타리온의 보고에 카리엘이 턱을 문지르며 생각에 잠겼다.

공국이 성국의 그늘에서 벗어나고자 한다.

'성국 대신 제국의 그림자에 들어오겠다는 것인가?'

제국의 도움을 받는 대가로 스스로 속국이 되는 것마저 감수하겠다는 공국의 의지.

그만큼 현재 공국이 처한 상황은 위태로웠다.

"……일단 동부 사령관에게 연락해서 공국을 도우라고 해. 그들이 원하는 바를 최대한 들어줘."

"예."

"그리고 불의 신전에도 협조를 요청해."

"알겠습니다."

카리엘의 명령에 고개를 숙이고 나가는 타리온.

"후…… 계획이 변경될 수도 있겠는걸."

기존에 카리엘이 가지고 있던 계획.

그것은 아이론과 공국을 강력한 동맹으로 묶어서 일종의 연방 형태로 만들고 서대륙의 다른 국가들을 압박하는 것이었다.

남부 왕국들과 성국을 패퇴시키면서 그들의 지도자를 친제국파로 갈아 치우면서 정치적으로 서대륙을 통일하는 것.

그 이후 동대륙과의 전쟁을 대비하는 것이 카리엘이 그린 그림이었다.

그런데 상황이 달라졌다.

"완전한 대륙 통일이라……."

혼잣말로 중얼거린 카리엘이 피식 미소를 지었다.

상징적인 의미의 제국의 부활이 아니라 정말로 위대했던 제국의 그 시절이 돌아올지도 모르겠다는 생각과 함께 자신의 계획을 수정해 나갔다.

서대륙을 제국이 완전히 장악한다고 가정했을 때, 여유가 생긴 제국이 동대륙에 개입할 수 있는 여지가 생긴다.

'로만이 동대륙을 전부 먹는 걸 두고 볼 수는 없지.'

속으로 그렇게 생각한 카리엘은 고민에 빠졌다.

공국이 제국의 그늘 밑으로 들어오면서 동대륙에 개입하기가 한결 편해졌지만, 그래도 한계가 있었다.

그렇기에 해적들과 더 긴밀한 관계를 가질 필요가 있었다.

"슬슬 작업을 해야 하나?"

남부 왕국들이 대놓고 제국과 적대적인 노선을 타고 있으니 거리낄 것이 없긴 했다.

"시종장."

"예, 폐하."

"정보부에 연락해서 해적왕에게 연통을 넣으라고 해."

"예."

동부에 있을 시절 약속했던 것을 지킬 때가 다가왔다.

해적들의 나라를 만들어 주겠다고 한 약속을 지키는 것과 동시에, 남부 왕국들을 견제할 생각이었다.

"생각대로 되면 좋겠는데⋯⋯."

기대감에 차서 중얼거린 카리엘이 남부 왕국들을 괴롭힐 큰 그림을 그려 나갔다.

기왕 하는 거 아이사 군도에만 의지하지 않고 다방면으로 거래를 할 생각을 했다.

범죄 집단은 해적들만 존재하는 게 아니었다.

산적 떼, 마적 떼부터 밀무역을 하는 암상인들까지 범죄자들은 다양했다.

제국이 소국들을 처리하면서 그곳에 자리 잡았던 범죄자들은 대부분 제국과 남부 왕국들의 국경선 근처에 숨어 있었다.

"범죄자들을 저들만 이용하란 법은 없지."

제국이 혼란할 때, 남부 왕국들이 소국 연합을 이용해 범죄자들을 지원했던 것처럼 카리엘 역시 범죄자들을 지원해 남부 왕국들을 괴롭힐 계획을 세웠다.

그렇게 카리엘이 범죄 조직을 이용해 남부 왕국들을 괴롭힐 방법을 찾는 사이, 이들 역시 제국을 괴롭힐 방법을 찾고 있었다.

일단 첫 번째 방법은 세일럼의 항구를 봉쇄하는 것이었다.

제국의 동쪽 항구를 무용지물로 만드는 것만으로도 큰 타격을 주는 셈이다.

육군은 강할지언정 해군은 상대적으로 약했다.

동쪽의 해군을 키우려면 서부 변경백을 데려와야 하는데 쉽지 않았다.

"아이사르만을 봉쇄할 경우 제국이 어찌 나올 것 같나?"

"당장은 대응하기 힘들 것이옵니다. 하오나 대비는 해야 하옵니다. 제국이라면 아이론에서 했던 것처럼 탈로스에도 똑같이 할 수 있습니다."

"으음……."

탈로스 국왕의 물음에 알탄 후작이 조심스레 의견을 말했다. 로만의 침공으로 주력군 대부분이 공국으로 들어간 이상 탈로스를 침공하기는 어려웠다.

탈로스의 제1검인 클레타 후작을 제외하고 첫 손가락에 뽑히는 실력자인 알탄 후작.

하지만 그의 진정한 가치는 바로 전략가라는 점에 있었다.

제국에 남부 변경백이 있다면 탈로스에는 알탄 후작이 있다는 말이 있을 정도로 군사적 식견이 높은 알탄 후작.

그런 그가 경고하자 탈로스 국왕이 침음성을 내뱉었다.

그런 국왕에게 옆에 있던 월싱엄 후작도 조심스레 입을 열었다.

"문제는 봉쇄를 한다고 하더라도 제국에 큰 타격을 주기는 힘들다는 것입니다."

세일럼은 아직 완성된 게 아니었다. 그렇기 때문에 거대 상단들 대부분은 여전히 육로의 비중이 높았다.

제국 전체를 놓고 봤을 땐 큰 타격이라 볼 수는 없는 것이다. 그럼에도 불구하고 탈로스가 봉쇄 정책을 고민하는 건 세일럼이 갖고 있는 상징성 때문이다.

"그래도 한 번쯤 기를 꺾어 줄 필요가 있긴 하네."

"그건 맞습니다."

국왕의 말에 월싱엄 후작이 고개를 끄덕이며 대답했다.

신분제를 견고히 하고자 하는 탈로스 입장에선 세일럼은 눈엣가시 같은 존재였다.

그렇기에 저들의 발전을 한 번쯤은 막아설 필요가 있었다.

세일럼이 발전하는 것만으로도 국경 근처의 도시들이 동요하고 있었다. 그런데 제국에서 혁명 세력을 중앙으로 불러들이기 시작하자 혼란은 점점 더 퍼져 나가고 있는 중이다.

이건 탈로스만의 문제가 아니었다. 로테온 역시 같은 문제를 겪고 있었기에 리스크를 감수하고 제국과 전쟁을 벌이는 것이다.

"당장에 제국의 침공을 걱정하지 않아도 된다면, 문제는 해적들인데…… 저들을 막을 방도는 없나?"

"현재로선 힘듭니다. 저들을 완전히 토벌하려면 탈로스 해군은 7할 이상이 투입되어야 합니다. 그럼 봉쇄가 불가능해집니다."

"봉쇄를 포기하고 아이사 군도에만 집중한다면?"

탈로스 국왕이 고심 끝에 묻자 알탄 후작이 이번에도 고개를 가로저었다.

"그래도 힘듭니다."

"이유가 무엇인가?"

"남부 해적들도 움직이기 시작했습니다."

알탄 후작의 말에 탈로스 국왕의 표정이 굳어졌다.

남부의 해적들은 아이사 군도에만 있는 것이 아니다.

서대륙 전체로 보자면 서부에 신항로를 노리는 서부 해적, 동대륙의 무역로를 노리는 아이사 군도의 중앙 해적, 남부의 거대 섬들과의 무역로를 노리는 남부 해적들이 있다.

탈로스나 로테온이나 동대륙과의 무역이 가장 중요하긴 하지만 남부의 섬들과의 무역 역시 중요하다.

그들만이 갖고 있는 귀중한 약이나 사치품들을 동대륙으로 가져갈 시 막대한 이득을 가져다주기 때문이다.

"남부 해적들은 로테온 해군의 도움을 받으면……."

"서부 해적들이 로테온의 영역까지 침범하고 있다고 하옵니다."

알탄 후작의 말에 탈로스 국왕이 놀란 표정을 지었다.

"뭐? 제국에 박살 난 놈들이 무슨 여력이 있다고……."

"거기까지는 아직 파악이 안 되었습니다. 다만…… 로테온에서는 제국이 지원하고 있을 가능성도 있다고 하더군요."

"말이 안 되네. 서부 해적들은 반역자들과 손잡은 놈들이야. 자존심 강한 제국이 그런 그들을 지원한다고?"

다른 죄도 아닌 무려 반역죄다.

얼마 전에 황족임에도 아무런 망설임 없이 처형했던 게 카리엘이었다.

그런 그가 서부 해적들을 지원한다고?

"황제라면 가능성이 없는 것도 아닙니다."

"으음……."

월싱엄 후작의 말에 탈로스 국왕이 반박하지 못하고 침음성을 흘렸다.

"제국이 해적들을 이용해 우리의 발을 묶으려 한다면 우리도 똑같이 해 줘야겠지."

"그때 연을 쌓아 두었던 범죄 조직들을 다시 이용해 보겠습니다."

알탄 후작의 말에 탈로스 국왕이 작게 고개를 끄덕였다.

그렇게 소국 연합 때처럼 범죄 조직을 이용해서 다시금 제국을 괴롭혀 보려 한 탈로스.

하지만 이런 이들의 결정이 한발 늦었다는 것을 알게 되기까지는 그리 오랜 시간이 걸리지 않았다.

며칠 뒤에 국경에서 황급히 마적 떼에게 공격을 받고 있다는 보고가 올라왔기 때문이다.

"전하! 국경 근처에서 마적 떼가 몰려들어 공격하고 있다고 하옵니다."

"전하! 북쪽 지역에 산적들이 기승을 부리고 있습니다. 그쪽 영주들이 황급히 지원군을 보내 달라는 요청을 하고 있습니다."

"전하! 밀수업자들로 인해 마약이 풀리고 있습니다!"

연이은 보고에 탈로스 국왕이 황급히 알탄 후작을 불렀다.

쾅!

"이게 어찌 된 일인가!"

분노한 탈로스 국왕이 왕좌를 주먹으로 내려치면서 자리에서 일어났다.

그러자 알탄 후작이 고개를 숙이면서 보고를 올렸다.

"아무래도 제국이 먼저 손을 쓴 것 같습니다."

"뭐? 어찌…… 정보부는 뭘 했단 말인가!"

"로테온조차 파악하지 못한 것을 보니 그림자들이 움직인 것 같습니다. 아무래도…… 제국이 작정하고 움직인 듯합니다."

알탄 후작의 말에 탈로스 국왕이 머리를 짚으며 휘청거렸다.

"하루라도 빨리 북쪽 지역을 안정시켜야 하옵니다. 이렇게 피해가 누적되었다간 본대를 불러들여야 할 수도 있습니다."

"뭐? 어찌……."

"국경선이 어지럽습니다. 만약 이 사태가 지속된다면 제국이 두고 볼 리가 없습니다. 눈치 빠른 남부 변경백이라면 침공할 가능성도 있습니다."

"하……."

탈로스 국왕이 한숨을 쉬면서 지끈거리는 머리를 엄지손가락으로 꾹 눌렀다.

"귀족들을 불러들이게. 토벌군을 꾸려야겠네."

"예."

세일럼을 봉쇄하고, 제국을 괴롭힐 방법을 찾던 탈로스가 도리어 범죄 조직들로 골머리를 앓는 동안 로테온은 다른 방식으로 괴롭혀지고 있었다.

"또 그들인가!"

"……송구하옵니다."

로테온의 차기 마스터라 불리는 델론드 후작이 고개를 숙였다.

정보부를 총괄하는 그가 이렇게 고개를 숙이는 이유는 로테온 내부에 제국의 정보부 소속의 특수부대가 대거 들어와 어지럽히고 있기 때문이다.

그림자들이 합류하면서 제국 정보부의 특수부대의 질적 향상이 크게 이루어졌다.

거기다 정보들 역시 따로따로 보내던 것이 통합되었기 때문인지 명령 체계가 간소화되면서 빠르게 작전이 이루어졌고, 그로 인해 제국을 제외하면 최고의 정보망을 갖추고 있던 로테온의 정보 체계를 어지럽히면서 괴롭힐 정도까지 되었다.

"아이론에서 들어오는 정보들의 신빙성이 의심된다는 군부의 보고서가 들어왔다! 이게 어찌 된 일인가!"

"제국 정보부가 저희만을 물고 늘어지고 있습니다. 그로 인해 서부 지역의 정보망이 대거 무너졌습니다."

"하…… 로테온의 정보부는 대륙 최강을 다투는 조직 아니었나!"

국왕의 호통에 델론드 후작이 고개를 숙였다.

분명 그러했다.

자신도 그렇다고 생각했다.

제국의 정보부나 황실 직속 단체인 그림자, 제국 북부군의 까마귀들보다도 한 수 위의 정보망을 갖추고 있다고 생각했다.

하지만 그림자와 정보부가 통합되면서 상황이 역전되었다.

"……로테온의 힘만으로는 더 이상 제국의 정보부를 견제하기 어려울 것 같습니다."

냉철한 판단으로 유명한 델론드 후작이 이렇게 얘기하자 로테온의 국왕이 한숨을 쉬었다.

수십 년간 서대륙에서 가장 강력한 정보망을 갖추고 있던 것이 자신들이었거늘. 고작 몇 년 사이에 자신들을 뛰어넘는 정보망을 갖춘 제국을 보면 무서울 정도였다.

하나로 힘이 합쳐진 제국의 힘을 제대로 느낀 로테온의 국왕이 입술을 깨물었다.

"이래서 분열을 일으켰던 것이거늘……."

매번 막대한 돈을 들여 제국의 귀족들을 구워삶았던 이유가 바로 이 때문이었다.

로테온에선 괜히 돈을 낭비한다고 불만이 있었음에도 꾸준하게 제국의 귀족들에게 뇌물을 줘여 주었다.

그런데 한 명의 걸출한 황족이 모든 것을 정리하고 제국의 힘을 한데 모았다. 그것만으로 남부 왕국들이 수십 년에 걸쳐서 이룩한 것들을 위협하고 있었다.

"……지금이 이 정도라면 앞으로 제국이 더 발전할 경우 어찌 될지 두렵군."

자신의 국왕이 두려움을 가득 품고서 하는 말에 델론드 후
작이 입술을 깨물었다.

그럼에도 불구하고 그가 할 수 있는 말은 없었다.

그저 최대한 제국의 정보부를 막아 내는 것 말고는…….

탈로스와 로테온에게 한 방 먹인 카리엘은 본격적으로 아
이론에 힘을 집중했다.

로테온의 정보부를 틀어막고, 탈로스의 군사력을 범죄 조
직들로 견제하면서 잠깐이나마 아이론에 틈이 생기자 막대
한 자금과 특수부대들을 투입하기 시작한 것이다.

"아이론 내에 있는 혁명 세력을 지원해. 자금은 얼마가 들
어도 상관없어."

카리엘의 명령에 내무대신이 사색이 되어 말했다.

"예산이 부족합니다."

내무대신의 죽는 소리에 카리엘이 황실의 예산을 끌어다
쓰는 것까지 허락했다.

"방계 황족들에게 들어가는 자금 다 끊어."

"예? 하…… 하오나……."

"내 궁으로 잡힌 내탕금부터 절반으로 줄여. 동생들도 마

찬가지고. 그럼 불만을 갖진 않겠지."

"그래도 되겠습니까?"

"상관없어."

그렇게 말한 카리엘은 옆에 있는 포돌스키에게로 시선을
돌렸다.

"무슨 말을 할지 알지?"

"귀족원이 사적으로 유용하는 자금들을 회수하겠습니다."

중앙 부처나 귀족원에서 일하는 귀족들에게 지원하는 품
위유지비.

그래도 중앙에서 일하는 귀족들이니 어디 가서 무시당하
지 말라며 주는 비용이기에 건들지 못했으나, 상황이 달라졌
다. 당장 황제조차 허리띠를 바짝 졸라매는 상황인데 귀족들
의 품위 따위가 중요할까.

"지금이 가장 중요한 시기야. 힘들어도 버텨. 잘하면 아이
론을 우리가 먹을 수도 있다."

카리엘의 말에 포돌스키와 내무대신이 침을 꿀꺽 삼켰다.

"알아들었으면 움직여."

"예!"

"네!"

봐주니까 선을 넘네?

서대륙의 모든 국가들이 빠르게 변화하고 있다.

그렇다는 건 국가 내부의 사정도 빠르게 변할 수밖에 없다는 의미도 되었다.

거대한 전쟁은 이미 시작되고 있었고, 그에 따라 정책들 역시 기존의 것들을 버리고 새로운 것들을 받아들이기 쉽게 변해 가고 있었다.

위기 상황 속에서 기존의 체제에 불만이 있던 자들이 하나둘 나오기 시작했다.

"뭐가 이렇게 비싸!"

"그러게."

황제의 정책에 따라 기득권에 줄을 대면서 폭리를 취하던 상인들은 하나둘 그들이 가진 무기를 내려놓았다.

제국이 위기에 봉착했는데, 그걸 기회 삼아서 이득을 취하려 한다?

그것을 용납할 카리엘도 아니었지만, 그 전에 이미 감찰부가 움직였다.

하지만 이번엔 달랐다.

귀족들의 이익을 대변하는 귀족원이 먼저 움직인 것이다.

"하…… 한 번만 봐주십시오!"

"나도 그러고 싶네만…… 이번엔 어렵네."

그동안 뒤를 봐준 상인이 걸려들자 귀족원 출신의 귀족이 한숨을 쉬었다.

"두 배를 드리겠습니다! 제발……."

"어떤 것을 주어도 이번만큼은 어렵네."

귀족원이 바빠졌다.

카리엘이 직접 업무를 주었기 때문이다.

그것을 거절할 수도 없는 것이 혁명 세력을 견제하기 위한 업무가 대부분이었다.

귀족들도 이것이 마지막 기회임을 알기에 예전처럼 범죄를 방관할 수 없었다. 오히려 철저히 범죄 조직이나 뒷돈을 건네는 상인들을 끊어 내었다.

동시에 혁명 세력들이 치고 올라오는 것을 막기 위해 굴렀다. 자꾸만 영역을 넓혀 가려는 혁명 세력을 견제하기 위해 귀족들 스스로가 변해 가기 시작한 것이다. 그러자 그동안 귀족들에게 줄을 대던 상인들은 다급해졌다.

"쯧쯧! 그러게 진즉에 마탑에 붙었어야지."

"안타깝구만."

몇몇 상인들이 감찰부에 끌려가는 상인들을 보면서 혀를 찼다. 카리엘이 황제가 되면서 귀족들을 박살 낼 명분만 찾고 있다는 것은 제국민이라면 대부분 알고 있는 사실이었다.

그렇기에 귀족들에게는 미래가 없다며 줄을 갈아탄 상인들만 살아남은 거였다.

그리고 이 모든 상황들을 들고 보고하러 온 재무대신은 카리엘의 앞에서 벌벌 떨고 있었다.

"재밌네."

카리엘이 재무대신의 보고서를 보면서 피식 웃었다.

마탑에 납품하는 원자재의 가격으로 장난질을 치고, 마탑은 그것을 명분 삼아서 마도구들의 가격에 장난질을 치고 있었다.

현재 전쟁이 한창인 제국에 마도구나 무기들의 수요는 높을 수밖에 없었는데, 공급 부족을 이유로 마탑은 더더욱 가격을 올리고 있었다. 지금 당장은 마탑을 건들 수 없을 거란 자신감 때문이었다.

"아카데미에선?"

"아직 시간이 필요할 것 같습니다."

"비밀 계획은?"

"그쪽도 아직……."

재무대신이 땀을 뻘뻘 흘리면서 보고했다.

보고서를 들여다본 카리엘의 표정이 싸늘하게 식어 있었기 때문이다.

당장에라도 자신의 목을 칠까 두렵다는 표정으로 덜덜 떠는 재무대신을 보며 카리엘은 한숨을 쉬었다.

"제국에 있는 마탑 중 한 곳도 회유할 수는 없었나?"

"예."

이미 오랜 시간에 걸쳐서 담합한 마탑이다.

중앙 마탑이든 중소 마탑이든 마도구 가지고 장난질하는 것을 그만둘 미친놈들은 없었다.

제 살 깎아먹을 미친 마법사는 없기 때문이다.

"아쉽군."

중소 마탑이라도 몇 곳을 회유했더라면 쉽게 처리할 수 있었거늘…….

머리 좋기로 유명한 마법사답게 자신들이 쥔 기득권을 온 힘을 다해 움켜쥐고 있었다.

"서부 마탑은 가관이군."

"전쟁 때문에 원자재 가격과 마법사들의 인건비가 올랐다고 합니다. 게다가 이미 1년 치 예약이 전부 꽉 찬 상황이어서 더 이상의 생산이 힘들다고……."

"그걸 핑계로 가격을 더 올리려는 속셈이라……. 미친놈들이 선을 넘는군."

전쟁 중이라 자신들을 건들 여력이 없다는 것을 아는 마탑들이 배짱을 부리고 있었다.

"마치 자기들이 제국의 주인이라도 되는 양 구는군."

카리엘의 말에 재무대신이 식은땀을 흘리면서 침을 꿀꺽 삼켰다.

전쟁 중인데 무기를 공급할 수 없다고 배짱을 부리는 것은 이렇게 해도 자신들을 건드릴 수 없다는 자신감이 기저에 깔려 있는 것이다.

이미 모든 마탑은 담합을 한 상태였기에 카리엘이 서부 마탑을 건든다면 모든 마탑이 들고일어날 것이다.

마음 같아선 그들 모두를 죽여 버리고 싶었지만, 그렇게 되면 지금 진행되는 모든 것이 멈추게 된다.

"후…… 짜증 나는군. 귀족들은 그동안 뭘 한 건지……."

카리엘은 그렇게 말하면서 표정을 구겼다.

제국에서 일개 가문으로는 가장 강력한 마법사들을 보유하고 있다는 월크셔 가문이 있으나, 현재는 전쟁으로 인해 바빴다.

다른 마법 가문들 역시 카리엘의 명으로 주요 마법 전력이 전쟁에 투입되고 있었다.

무엇보다 마공학에서만큼은 마법 가문들조차 마탑에 비할

바가 못 되었다.

그나마 월크셔 공작 가문이 체계를 갖추고 있으나, 마탑이 연합해서 압박한다면 천하의 공작 가문도 얼마 버티지 못할 정도로 마탑의 영향력이 강했다.

그렇기에 카리엘이 답답해도 참고 있는 것이다.

"이놈들은 미래를 생각하지 않는 건가?"

카리엘이 이해가 안 간다는 표정으로 고개를 갸웃거렸다. 분명 이렇게 나왔다가는 나중에 자신에게 박살 날 것이 자명한 일인데, 이렇게 배짱부리는 것이 이해가 가지 않았다.

"한동안은 전쟁이 끝나지 않으리라 보는 것 같습니다. 그리고 이것을……."

재무대신이 품속에서 서신 몇 개를 꺼내 카리엘에게 건넸다.

"이건……."

"저와 친한 지방의 마법 가문 몇 곳이 전해 온 서신들입니다."

재무대신의 말에 미간을 찌푸린 카리엘이 서신을 읽어 보다가 구겨 버렸다.

마탑이 상인들을 모으는 것으로도 모자라서 마법 가문들도 회유하려고 움직이기 시작했다.

아예 마법을 통해 새로운 권력의 핵심이 되고자 하는 것 같았다.

카리엘이 치기 전에 미리 몸집을 불려서 쉽사리 건드리지 못하게끔 하려는 전략인 것이다.

"……일단 폐하께 보고하기 위해 감찰부에 연락하진 않았습니다."

"놔둬."

분노한 카리엘의 명령에 재무대신이 의아함이 담긴 표정을 지었다.

"지금은 아니야."

분노할수록 머리를 차갑게 식혀야 했다.

지금은 마탑을 건드릴 때가 아니었다.

어느 것 하나 해결되지 않은 지금 마탑을 건드리는 건 벌집을 들쑤시는 것과 다르지 않았다.

'시간 싸움인가?'

속으로 그렇게 생각한 카리엘은 차분하게 복잡한 머릿속을 정리했다.

마탑이 마법 가문들을 회유하면 그다음은 귀족들이다.

그렇게 하나하나 모아서 쉬이 건드릴 수 없도록 몸집을 만들면 그제야 카리엘에게 화해를 신청하면서 한발 물러설 것이다.

그럼 카리엘도 함부로 건들 수 없으니 어쩔 수 없이 그들의 화해 신청을 받아들일 수밖에 없다.

'그 전에 조진다!'

그렇게 생각한 카리엘이 재무대신에게 명했다.

"지금부터 비밀리에 정보부와 감찰부와 연계해서 마탑의 자금 흐름을 조사해."

"언제까지 준비하면 되겠습니까?"

"비밀 계획이 완성되는 순간. 감찰부를 중심으로 전방위로 몰아친다."

카리엘의 명령에 재무대신이 걱정스레 말했다.

"그렇게 된다면 제국이 진행하는 사업 상당수가 멈출 것이옵니다. 아카데미가 어느 정도 안정된 뒤에 움직이시는 것이……."

재무대신의 말에 카리엘이 고개를 저었다.

"너무 늦어."

단호하게 고개를 저은 카리엘이 기존의 계획을 앞당겼다.

안전하게 가려다간 마탑을 중심으로 뭉친 세력이 너무 커진다.

본격적으로 몸집을 부풀리기 전에 밟아 줘야 했다.

"저들이 마도구 가지고 장난치기 힘들게 압박이라도 줘봐. 최대한 방해는 해야지."

"……예."

재무대신이 자신 없다는 표정으로 고개를 숙이고는 밖으로 나갔다.

그렇게 집무실에 혼자 남게 된 카리엘은 주먹을 꽉 쥐고

책상을 내리쳤다.

"후…… 쓰레기 새끼들……."

제국을 좀먹는 쥐새끼를 치운 지 얼마나 됐다고 또 다른 녀석이 나타나 곳간을 털어 가려 하고 있었다.

전생에 자신을 고생시킨 일 순위가 마족들이라면 지속적으로 괴롭힌 건 귀족이 아닌 마탑들이다.

카리엘이 몸져누웠을 때 그들과 기 싸움을 했기 때문이다.

귀족들이 무너지고, 기존의 마탑이 무너지면서 그 자리를 대신한 것이 간신히 살아남은 중소 마탑들이었다.

어떠한 기반도 없는 상황에서 카리엘이 마공학의 힘으로 간신히 제국을 유지시키면서 마법사들의 권위가 강해졌고, 전쟁을 연이어 치르면서 귀족들의 권력을 마법사들이 쥐게 되었다.

그 과정에서 카리엘과 수차례나 격하게 싸우기도 했었다.

전생에 지겹도록 이루어진 마법사와의 전쟁이 이번 생에서도 어김없이 이뤄지게 생겼다.

–어쩔 거야? 이번엔 마탑인 거 같은데……. 이러다간 영원히 수련 못 하게 생겼어.

어느새 나타난 수루트가 혀를 차면서 말하자 카리엘이 한숨을 쉬었다.

하나를 해결하면 하나가 말썽이었다.

마탑 문제는 뒤로 미뤄 두려고 했는데, 이것들이 점점 도를 넘어서고 있었다.

"일단 대충 봉합만 해 놓고 폐관 수련에 들어가야지."

─괜찮겠냐?

수르트의 물음에 카리엘이 이를 갈았다.

"아니."

싸늘한 표정으로 대답한 카리엘은 주먹을 부르르 떨면서
말했다.

"그래도 어쩔 수 없잖아. 지금 당장은…… 최소한으로만
대응하게 하면서 참아야지."

─그러다가 건방지게 네 권위까지 넘볼걸.

"그렇게 멍청한 놈들은 아니야. 만약 정말로 그런 움직임
을 보인다면…… 희생을 각오하고서라도 쓸어 버려야지."

카리엘은 그렇게 말하며 싸늘한 표정을 지었다.

귀족들의 몰락이 예견되면서 마탑의 권위는 빠르게 커져
가고 있었다.

여기까지는 전생과 흐름이 비슷했다.

다만 그때와 달라진 점이 있다면, 마스터들을 비롯한 제국
의 군사력이 그대로 유지되고 있다는 점과 자신이 막강한 황
권을 갖고 있다는 점이다.

자신의 권위를 넘본다? 그 순간 카리엘은 어떤 희생을 치
르는 한이 있더라도 마탑을 쓸어 버릴 생각이었다.

"시작은 비밀 계획이 마무리되는 시점이 될 거야. 물론 본

격적으로 쓸어 버릴 때는 중앙군이 돌아왔을 때가 되겠지."

그렇게 말한 카리엘이 지도를 바라보았다.

'전부도 필요 없어. 어느 한 곳만 정리되어도······.'

그렇게 생각한 카리엘이 펜을 움켜쥐었다.

동부의 로만의 침공과 서부의 아이론의 내전.

그리고 남부 왕국들과의 물밑에서 일어나는 전쟁.

이 세 가지는 전부 한데 엉켜 있는 것처럼 보이지만, 의외
로 독립되어 있기도 하다.

우선 아이론의 내전은 백중세처럼 보이지만 본격적인 전
투가 일어날 시, 순식간에 결판이 날 수도 있다.

남부 왕국들 역시 그들이 자랑하는 정보망과 상권을 제국
이 차츰차츰 먹어 들어가고 있는 실정이다. 두 왕국 내부에
어느 정도 견제할 세력만 구축할 수 있다면 지금처럼 무리할
필요가 없었다.

마지막으로 로만 역시, 해적들을 통해 인접 국가를 지원할
수만 있게 된다면 지금처럼 저렇게 대군을 유지할 수는 없을
것이다.

셋 중 한 곳만 정리되어도 제국은 숨통이 트일 것이다.

그리고 그 힘을 마탑을 쓸어 버리는 데 쓰게 된다면 천하
의 마탑이라도 엎드릴 수밖에 없을 것이다.

'이게 녀석들에게 주는 마지막 기회가 되겠지.'

마탑을 전부 쓸어 버릴지, 아니면 개선할 기회를 주게 될

지는 카리엘이 자리를 비운 동안 판별될 것이다.

어서 빨리 마탑을 박살 낼 날이 오기를 고대하며, 카리엘은 자신이 수련에 들어가느라 자리를 비웠을 때를 대비해 일을 하기 시작했다.

그리고 마침내 수르트와 약속한 날이 다가왔다.

"그럼 부탁하네. 무슨 일이 있으면 바로 알리고."

"그리하겠습니다."

끝까지 걱정에 수련장으로 들어서지 못하는 카리엘에게 시종장이 안심하라는 듯 대답했다. 그 모습에 마지못해 고개를 끄덕인 카리엘은 그토록 미루던 수련에 들어갔다.

카리엘이 수련에 들어갔다는 사실은 대외적으로 과로로 인해 쓰러졌다는 소식으로 대체되어 알려졌다.

그동안 야근을 밥 먹듯이 하면서 무리했기에 과로로 요양한다는 말이 설득력 있게 다가왔다.

그러자 전방위로 권력을 휘두르던 감찰부의 기세 역시 한 풀 꺾였다.

당연히 강도 높은 업무로 압박을 받던 귀족원도 한숨 돌릴
수 있게 되었고, 그로 인해 잔뜩 움츠러들었던 상인들 역시
기지개를 펼 수 있었다.

"폐하 한 명이 없을 뿐인데……."

재상이 믿을 수 없는 풍경에 멍하니 재상부를 바라보았다.

분명 황제가 몸져누운 것은 제국에게 있어서 뼈아픈 상황
이다.

일반적인 상황도 아니고, 전쟁 중에 황제가 과로로 쓰러졌
다는 소식이 전해지는 것은 제국민의 사기를 떨어뜨리기 때
문이다.

게다가 한창 전쟁 중인 군의 사기를 떨어뜨리기도 했다.

그럼에도 불구하고 관료들의 입가에는 은은한 미소가 걸
려 있었다.

그 모습을 본 윈스턴이 헛기침을 하자 황급히 표정 관리를
하면서 고개를 숙이고 지나갔다.

"크흠!"

가끔 윈스턴이 눈치를 주면 황급히 표정을 갈무리하고는
했지만, 정작 재상 자신도 가끔가다 미소가 지어졌다.

황제의 부재로 일이 밀리고 있음에도 불구하고 대신들은
대놓고 살 것 같은 표정을 짓고 있었다.

일이 조금 밀려도 뭐라 할 사람이 없으니 그것만으로도 살
것 같았던 것이다.

하지만 이것과는 별개로 상황은 점점 안 좋아졌다.

제국의 예상과 달리 남부 왕국들의 저항은 끈질겼다.

황제의 부재로 대전을 사용할 수 없기에 대신 재상부에서 주요 회의가 열릴 수밖에 없었고, 오늘도 재상이 대표로 회의를 주관하기 위해 가장 먼저 회의실의 중앙에 앉았다.

그리고 몇 분 후 하나둘 회의실에 도착하자 재상이 입을 열었다.

"일단 남부 왕국들에 대한 보고부터 들어 보지."

재상의 말에 타리온이 그동안 진행된 일들을 보고했다.

"예상보다 끈질기군."

카리엘을 대신해 타리온의 보고를 받은 윈스턴이 한숨을 쉬었다. 거의 끝났다고 생각했던 로테온이 끈질기게 제국의 정보부를 물고 늘어졌기 때문이다.

"로테온 입장에서도 여기서 물러나면 끝이라는 생각으로 모든 힘을 쏟아붓고 있습니다."

타리온의 말에 재상이 작게 고개를 끄덕였다.

제국 입장에선 적당히 물러서 줬으면 좋겠지만, 로테온 입장에선 그럴 수가 없었다.

탈로스 역시 막대한 자금을 쏟아부어서 기어코 범죄 집단 일부를 자신들 쪽으로 끌어오는 데 성공했다.

그 때문인지 제국과 탈로스의 접경 지역에는 막대한 자금이 흘러 들어가고 있었다.

황태자,
은퇴하고
싶습니다

상황이 이렇다 보니 아이론 내에 있는 반란군 역시 기세가 죽지 않았다. 남부 왕국들이 버텨 주니 반란군도 항복하지 않고 버티는 것이다.

그렇다면 로만 제국이라도 견제해야 했으나, 그것도 쉽지 않았다. 제국에 호의적인 해적왕과 달리 해적들 일부가 제국의 계획에 동참하는 걸 꺼렸기 때문이다.

해적들 입장에선 지금처럼 혼란한 시기가 딱 좋았다.

"개판이군."

"해적들이니 아무리 해적왕이라도 완전히 통솔하는 건 힘들겠지요."

타리온의 말에 윈스턴이 한숨을 쉬었다.

굳이 나라를 만들어서 제국의 개가 되기보단 지금과 같은 포지션에 남기를 희망하는 자들이 생겨나고 있었다.

그로 인해 로만의 인접 국가를 지원하는 계획이 자꾸 미뤄지고 있었다. 문제는 이로 인해 제국 내부에서도 말이 나오기 시작했다는 점이다.

천하의 제국이라도 막대한 예산을 언제까지고 계속 사용할 수는 없었다. 결국 우선순위를 정해 기존의 계획들을 미루거나 엎어야 하는 시점이 다가오는 것이다.

강력한 황권을 가진 황제가 밀고 나가면 좋겠지만, 그들을 이끌 황제는 과로로 쓰러진 상황이다.

그리고 그 빈틈을 마탑이 노리고 있었다.

"저들이 점점 선을 넘는 것 같은데……."

"놔두라는 폐하의 명이 계셨습니다."

재무대신의 말에 윈스턴이 무겁게 고개를 끄덕였다.

이미 이 자리에 있는 모든 자들은 카리엘이 개별적으로 명령을 내려놨다.

각자의 위치에서 해야 할 일을 명확하게 정해 둔 덕분에 예상외의 상황이 발생하고 있음에도 불구하고 대처할 수 있는 것이다.

"그래도 슬슬 위험한 것 같은데 폐하께 알려야 하지 않겠나?"

윈스턴이 친위대장이자 황제의 최측근으로 알려진 타리온을 보면서 묻자 그가 고개를 저었다.

"시종장은 아직 때가 아니라고 판단했습니다."

"으음……."

일개 시종장의 판단.

이곳에 모인 대신들 입장에선 굴욕을 느낄 수도 있다.

모두 고위급 귀족들 혹은 엘리트들이었기 때문이다.

하지만 지금 카리엘을 보필하는 시종장은 일반적인 부류가 아니다.

시종장이 비밀 수호대의 일원이라는 것 하나만으로 존중받기 충분했고, 그것만으로도 모자라 카리엘은 현재의 시종장을 위해 그의 권한을 대폭 높여 둔 상태였다.

그렇기에 재상인 윈스턴조차 그의 판단을 존중하는 것이다.

"마탑이 완전히 선을 넘은 건 아니라고 판단한 것 같습니다."

"후…… 그렇기는 하네만…… 슬슬 위험하네."

윈스턴이 불편한 표정을 지었다.

처음과 달리 지금은 중앙 부처에도 태클을 걸어오고 있었다. 슬슬 제국의 계획에도 간섭하려는 마탑을 보면 더 놔뒀다가는 나중엔 돌이킬 수 없을 정도로 큰 세력이 될 것 같았던 것이다.

"안 그래도 그 때문에 귀족원에서 마탑을 규탄해야 한다는 탄원서를 보냈습니다."

내무대신이 귀족원에서 보낸 탄원서를 보여 주면서 말했다. 황제에게 굴복한 중앙 귀족들을 믿을 수 없다며 마탑에 붙은 지방 귀족들이 많아지면서 귀족원의 영향력이 계속해서 줄어들고 있었다.

그러자 그에 위기감을 느낀 귀족원이 마탑에 대한 제재를 가해야 한다고 탄원서를 넣기 시작한 것이다.

감찰부의 솜방망이 처벌이 마음에 들지 않는지 스스로 마탑과 관련된 비리들을 찾아 중앙 부처로 넘기기도 했다.

그러나 이번엔 달랐다.

개별적으로 보내던 것과 달리 이번엔 정식으로 회의를 거쳐 내무대신에게 탄원서를 보낸 것이다.

"이로써 명분은 충분히 쌓였군."

탄원서를 전부 읽은 재상이 무거운 음성으로 말하자 다들 고개를 끄덕였다.

"예, 남은 건 폐하의 비밀 계획뿐입니다."

"시작은 그때인가?"

재무대신의 말에 재상이 포돌스키를 바라보며 물었다.

"예, 비밀 계획이 완성되면 감찰부부터 움직이라 명하셨습니다."

"저들이 과격하게 나온다면……."

"군을 움직여서 마탑들부터 쓸어 버리라고 하셨습니다."

이번엔 군부대신이 말했다.

거기까지 가지 않기를 바라지만, 만약 마탑이 선을 넘는다면 제국에서 마탑의 역사는 끝나게 될 것이다.

그들도 그걸 아는지, 선을 넘지 않으려고 하지만 어디 그게 마음대로 될까?

욕심에 눈먼 자들이 선을 아슬아슬하게 넘으려 하고 있었고, 가끔가다 넘어도 처벌이 약하다면 좀 더 많이 넘게 될 것이다.

그게 반복되다 보면 나중엔 죽을 자리로 가는 것인지도 모르고 완전히 선을 넘게 될 것이다.

"부디…… 우려하는 일이 벌어지지 않았으면 좋겠군."

재상의 말에 모두가 무겁게 고개를 끄덕였다.

마탑의 마법사들 역시 제국의 중요한 자원이다. 그런 존재들이 선을 넘어 죽어 버린다면 제국의 발전 동력 하나가 무너지게 될 것이다.

머리로는 저들이 선을 넘지 않을 것이라 생각하지만, 왠지 재상은 저들이 돌이킬 수 없는 짓을 벌일 것 같은 불안감이 들었다.

그리고 그런 재상의 예상은 불행하게도 맞아들어 갔다.

❋

카리엘의 열여덟 번째 생일이 한 달 앞으로 다가온 어느 날. 마침내 그토록 걱정하던 일이 벌어지고 말았다.

과로로 쓰러졌다던 황제가 생각보다 길게 누워 있자, 건강에 문제가 있는 거 아니냐는 소리가 나오기 시작한 것이다.

어렸을 적에 걸렸던 병이 재발했다는 것부터, 화산 폭발을 막는 과정에서 얻은 내상이 원인이라는 것까지 오만 괴상한 소문이 돌기 시작했다.

어느새 카리엘의 병세가 점점 악화되고 있다는 헛소문마저 돌면서 제국에 혼란이 일기 시작했다.

제국이 흔들리자 중앙 부처 역시 흔들렸다.

감찰부 역시 혼란을 벗어나지 못했고, 그 영향으로 감찰부의 감시망이 느슨해지자 마탑은 마도구 일부를 남부에 팔아

먹으려는 시도를 했다.

물론 마탑 입장에서는 정말 별거 아닌 마도구였다.

문제는 그 마도구는 가공할 경우 무기로도 사용될 수 있는 중요한 자원이라는 점이다.

이익을 극대화하기 위해 남부에서 오는 자원 일부를 마도구로 대납하려는 시도였지만, 그 대상이 현재 전쟁을 벌이는 적국이라는 게 문제였다.

절대 팔지 말라는 경고에도 결국 마탑은 욕심을 참지 못했고, 감찰부의 보고를 받은 재상이 움직였다.

윈스턴이 보기엔 선을 완전히 넘은 것으로 판단되었기 때문이다.

"폐하께 보고해야 할 타이밍 같소."

"알겠습니다."

재상이 직접 찾아와 말하자 동의한다는 듯 늙은 시종장이 고개를 끄덕이며 말했다.

저들이 밀수를 통해 남부에 주요 마도구를 팔려는 정황은 예전부터 알고 있었다. 그럼에도 불구하고 지금까지 기다린 점은 카리엘의 비밀 계획 때문이다.

재상이 돌아가자 황궁 기사들로 하여금 앞을 막게 하고는 황제의 궁 안으로 들어갔다. 그러고는 기관을 작동시켜 지하로 들어가는 통로를 만들고는, 아래로 내려갔다.

그러자 지하에 만들어진 거대한 철문 앞에 도착했다.

"때가 된 듯합니다. 폐하께 말씀드려 주십시오."

ㅡ……그러지.

문 앞을 지키는 작은 불덩이에게 고개를 숙이며 얘기하자 작게 고개를 끄덕인 불덩이가 문 앞으로 사라졌다.

그리고 얼마 후, 거대한 문이 열리기 시작했다.

쿠구궁!

철문이 열리자 보이는 건 사방에 퍼뜨려진 수많은 불덩이와 그것을 컨트롤하고 있는 카리엘의 모습이었다.

수련실을 가득 메웠던 불덩이들이 하나둘, 카리엘의 몸으로 스며들면서 이내 완전히 사라지자 시종장이 입을 열었다.

"폐하."

"마탑이 선을 넘었나?"

"재상은 그리 판단한 것 같습니다."

시종장의 보고에 카리엘의 표정이 일그러졌다.

결국 우려했던 일이 벌어진 것이다.

"비밀 계획은?"

"완성 단계라 하옵니다."

"때가 되었군."

카리엘이 자신이 그토록 바라던 때가 되었음에 눈을 빛냈다.

"먼저 올라가서 비밀리에 대신들을 소집해."

"예! 폐하."

명령을 내리자마자 곧장 올라가는 시종장을 보며 차분히 생각을 정리한 카리엘은 천천히 수련장을 벗어났다. 마침내 자신이 세웠던 계획을 본격적으로 시작하게 되었다.

　서대륙을 완전히 점령할 첫 단추는 바로 마탑을 제압하는 것에서 시작되기 때문이다.

　지하에서 올라온 카리엘은 기관을 작동시켰다.

　그러자 그곳에 혼자만 간직하던 원대한 계획이 모습을 드러냈다.

1단계

　마탑 무너뜨리기-마공학 및 공업 발전-중산층 확대-신분제 무너뜨리기

↓

2단계

　아이론의 혁명-남부 왕국 균열-남부 왕국의 점령 혹은 속국화

↓

3단계

　성국 압박-대륙 장악-통일

　견고했던 신분제에 균열이 일어나게끔 하는 것만으로 각국에 억눌러 살던 수많은 사람들을 저항 세력으로 만들 수

있다.

거기까지만 도달하면 정말로 서대륙을 통일하는 것도 꿈이 아닌 것이다.

"마탑이라……."

자신의 원대한 꿈을 이뤄 줄 첫 제물이 될 마탑을 생각하면서 카리엘은 입술을 깨물었다.

한참 동안 자신이 만든 계획을 보며 생각에 잠겨 있던 카리엘은 시종장의 부름에 기관을 작동시키고는 밖으로 나섰다.

"폐하를 뵈옵니다."

실로 오랜만에 보는 모습에 재상과 대신들이 반가운 표정을 지었다.

엄한 상관이 복귀했지만, 그동안 자신들에게 간섭하려 드는 건방진 마탑 녀석들을 혼내 줄 존재이기도 했다.

"준비는?"

"전부 끝냈습니다."

재상의 대답에 미소를 지은 카리엘이 대신들을 보며 명을 내렸다.

"건방진 마탑을 혼쭐내 줄 때가 되었지. 시작해라."

"폐하의 명을 받듭니다!"

한 명도 빠짐없이 한쪽 무릎을 꿇고 카리엘의 명을 받은 대신들이 일제히 흩어졌다.

기다렸다는 듯 움직이는 대신들이 전방위적으로 마탑을

공격하기 시작했다.

중앙 부처의 갑작스러운 공격에 잠시 당황했던 마탑이지만, 때가 되었다는 듯 자신들이 모은 세력을 통해 저항하기 시작했다.

그렇게 제국 내부가 다시금 혼란에 빠져들 때, 공영 신문이 광장에 뿌려졌다.

−폐하께서 복귀하셨다!

마탑과의 전쟁

황제의 복귀를 기점으로 마탑의 전쟁이 시작되었다.

가장 먼저 움직인 것은 감찰부였다.

그동안 모은 증거들을 들이밀며 마법사들과 거래하던 모든 상인들을 조사했다. 물론 상인들도 바보가 아니기에 순순히 당해 주지는 않았다.

법에 능통한 자들을 먼저 영입해 두었기에 최대한 저항하면서 시간을 끌려고 했다.

그렇게 버티다 보면 마탑이 처리해 줄 것이라 믿었기 때문이다.

"이 건이라면 마탑과 거래한 겁니다. 일단 마탑에 가 보시는 게……."

"이 상단이 타국과 거래했다는 증거를 발견했소."

증거를 들이밀면서 말하자 상단주가 웃으면서 말했다.

"여기…… 마탑의 요청서입니다. 저희는 마탑의 요청에 의해 거래한 것뿐입니다."

"마탑의 마법사들도 소환 예정이오."

"아니, 우리는 죄가 없다니까요!"

"감찰부가 조사한 증거에는 그대들의 죄목 역시 적혀 있소. 더 이상 저항하면 강제로라도 끌고 가겠소."

감찰부가 거대 상단의 대표가 하는 말에도 꿈쩍하지 않고 상단의 물품들을 압수하기 시작했다.

"이…… 이보시오!"

"끌고 가라. 저항하면 기절시켜서라도 데려가!"

"예!"

반강제적으로 끌고 가려고 하자 맞기는 싫었는지 얌전히 끌려가는 상단주. 그 모습을 본 다른 이들 역시 더 이상 저항하지 않고 감찰부로 연행되었다.

그러자 마탑이 움직이기 시작했다.

✳

"폐하, 중앙 마탑에서 상단 문제 때문에 마력포의 공급이 어렵다고 합니다."

"놔둬."

시종장의 보고에 카리엘이 상관없다는 듯 답했다.

예상대로 전쟁을 인질 삼아 배짱을 부리려는 마탑이었지만, 상관없었다.

"군부대신에게 말해서 기간을 정해 주고 그때까지 납품 못하면 거래 끊으라고 해. 배상금도 받아 내고."

"예."

시종장이 곧장 군부로 향해서 명령을 전하자, 얼마 지나지 않아서 군부대신이 곧바로 중앙 마탑으로 공문을 보냈다.

그러자 마탑은 더 강하게 나왔다.

"폐하!"

이번엔 재무대신이 직접 카리엘을 찾아왔다.

"이것을……."

카리엘이 마탑에서 보낸 서신을 보면서 피식 웃었다.

"대형 마도구 생산에 차질을 빚고 있다? 조사는 하되 일단 풀어 달라는 거군?"

"그렇습니다."

"놔둬."

이번에도 카리엘은 마탑의 요구를 무시했다.

"거절할 시 당장 이번 달 생산품부터 납품하지 않을 것입니다."

"상관있나?"

황제의 물음에 재무대신이 쓴웃음을 지었다.

"납품을 멈추는 순간, 자금을 동결해."

"예!"

재무대신이 고개를 숙이면서 또 하나의 보고서를 건넸다.

"자금 동결과 함께 마탑을 압박할 수단입니다."

"마탑과 연관된 모든 상단들을 털어먹을 생각이군?"

"그렇습니다. 또한 그 자금으로 마탑과 연관된 모든 곳을 사들일 생각입니다."

카리엘의 제법이라는 듯 재무대신을 바라보자 그가 쑥스러운 듯 고개를 숙였다.

마탑에 지급되어야 하는 돈으로 마탑과 연관된 모든 것을 사들여서 아예 고립시켜 버릴 생각이었다.

단순히 정부 차원에서 자금을 막고 마탑에 제공되는 원자재 수입을 곤란하게 만드는 것을 넘어서 통째로 고립시키겠다는 생각은 카리엘도 하지 못했던 것이다.

"법적 검토는?"

"끝났습니다. 잘못은 마탑에 있기에 명분은 충분합니다."

재무대신이 자신감 있게 말하자 카리엘은 웃으면서 고개를 끄덕였다.

"좋아. 최대한 밀어줄 테니 진행해. 막히면 내 이름을 팔면 된다."

카리엘의 말에 고개를 숙이며 미소를 지은 재무대신이 곧바로 밖으로 나갔다.

그리고 얼마 후, 마탑에 최후통첩을 보낸 재무부.

자금 동결까지 예고하자 이제는 제국의 웬만한 사람들도 전부 마탑과 황실의 싸움을 알게 되었다.

황제가 병석을 털고 일어나자마자 마탑과의 전쟁이 벌어지자 귀족들 역시 돕기 시작했다.

카리엘이 병석에 누워 있다고 소문나 있는 동안 빠른 속도로 귀족들의 영역을 집어삼키면서 세를 불려 왔다.

그렇기에 귀족들 입장에선 이걸 되찾아야 했다.

물론 단순히 이것뿐만이 아니었다면 모든 귀족원이 만장일치로 지지하진 않았을 거다.

이들이 이렇게까지 적극적으로 나오는 데는 다 이유가 있었다.

"나를 적극적으로 돕는다면 마탑에게 빼앗긴 것은 돌려주지."

비밀리에 귀족원의 주요 귀족들을 불러서 제안한 카리엘.

이 한마디에 그다음 날 귀족원에서 만장일치로 마탑에 대한 모든 조치를 합법화하는 안이 가결되었다.

아무리 마탑의 힘이 강하다고 한들, 황실과 관료들, 귀족들까지 힘을 합친 공격에 대항할 수 있을 리 만무했다.

물론 마탑도 바보는 아니기에 이 최악의 상황을 어느 정도 예상하고는 있었다.

"폐하, 지방 귀족들의 상소입니다. 마탑에 납품될 원자재들이 남아돌고 있어 처치 곤란이라고 합니다."

"북부의 상단들이 단체로 보내왔습니다. 이쪽도 마찬가지로 원자재들에 대한 판매 때문이라 합니다."

"이쪽은 중앙 지역의 상단들입니다. 마탑 밑에서 일하는 공방들이 단체로 항의하고 있다 하옵니다."

재무부 관료들이 단체로 찾아와 자신들에게 마탑과 연관된 사람들의 진정서나 상소를 가져왔다.

아무리 카리엘이 강력한 권한을 쥔 황제라고 하더라도 이들을 무시하고 일을 진행할 수는 없었다.

몇 번은 강제로 진행한다고 할 수 있다손 치더라도 결국엔 이들의 말을 어느 정도는 수용할 수밖에 없다.

마탑과의 전쟁은 단기전으로 끝낼 수 있는 게 아니었다.

그렇기에 일부러 마탑이 선을 넘도록 유도하면서 기다리며 명분을 쌓은 것이다.

"때가 되었군."

"그런 듯싶습니다."

재무부 관료들과 함께 들어왔던 재상이 고개를 숙이며 말했다. 아직 완벽하진 않지만 완성 단계에 들어선 만큼 공개해도 될 정도가 되긴 했다.

"관료들은 준비가 끝났나?"

"그렇습니다."

"좋아. 곧바로 비밀 계획을 공개한다."

"예!"

카리엘의 명령에 비밀 계획을 정식으로 공개하는 작업에 들어갔다. 그 시작은 재무부에 들어온 진정서나 항의 서한에 대한 답을 주는 것이었다.

"마법부? 이게 뭐지?"

"그러게. 마법부가 신설되었나? 그런 얘긴 못 들었는데?"

재무부에서 온 서신을 본 몇몇 상인들이 고개를 갸웃거렸다.

-이와 관련된 사안은 앞으로 '마법부'에 전하십시오.

재무부에서 마탑에 관련된 사안은 일괄 마법부로 이관시켰다는 서신을 전하자 모두들 신설된 마법부라는 곳에 집중하기 시작했다.

모두가 마법부에 관해서 궁금해할 때, 카리엘이 직접 대전 회의를 열었다.

과로로 쓰러졌다고 소문난 이후 처음으로 연 대전 회의.

중앙에 있는 모든 고위 귀족들이 참석한 대전 회의에서 카리엘이 정식으로 발표했다.

"중앙 부처에 정식으로 마법부를 신설하였다. 이는 마탑을 견제할 기구가 필요함을 느꼈기 때문이다."

카리엘의 말에 모든 귀족들이 고개를 숙였다.

"그들이 누리는 자유와 권리가 당연하다고 생각하며 오만한 짓을 벌여 왔던 마탑을 관리할 기구가 신설될 것이며! 또한 그동안 마탑에만 의존해 왔던 마공학 역시 여러 곳으로 나눠서 발전시킬 필요성을 느꼈다."

그 말이 끝나는 순간 거대한 영상구에 빛이 들어오면서 카리엘이 계획한 것들이 비쳤다.

"마법부와 함께 기술부를 만들고 공방에 관한 모든 제재를 풀어 주겠다. 또한 그동안 사특하다 여겨졌던 연금술에 관한 모든 제재 역시 풀겠다. 이에 관해 불만이 있는 자들은 앞으로 나서도록."

카리엘의 물음에 귀족들이 말없이 고개를 숙였다.

지금 이 조치가 마탑을 압박하기 위한 수단임을 알기에 모두가 동의한 것이다.

"또한! 그동안 마법사들을 배려하여 마법 가문에 내려졌던 모든 제약을 오늘부로 해제한다. 그리고 황실 직속 마법 단체를 신설하니 '황궁 마탑'이라 명명하도록 하겠다."

카리엘의 말이 끝나는 순간, 황궁 안쪽에 위치한 건물 내부가 영상구를 통해 나왔다.

그곳에서는 수많은 마법도구들부터 로브를 쓴 자들이 바쁘게 움직이고 있었다.

그곳엔 연금술사도 있었고, 마공학만을 전문적으로 하는

자들도 있었다.

게다가 안으로 더 진입하자 공방까지 있었다.

수공업자들이 마공학자들과 상의하면서 뭔가를 만들고 있는 것이 보였다.

마치 이날만을 기다렸다는 듯, 황궁 마탑이라는 곳에서는 이미 많은 것이 연구되고 만들어지고 있었다.

이는 단순히 마탑을 견제하기 위해서 말만 하는 것이 아닌, 여차하면 마탑 그 자체를 대체할 마음까지 있다는 것을 드러낸 것이다.

"또한 귀족들 역시 마탑을 세우길 원한다면 '귀족원'을 통해 정식으로 청하라. 심사를 통해 일정 기준을 통과하면 허하겠다."

일정 기준을 통과해야 한다고 못 박은 카리엘이 기준에 대해 간단하게 설명했다.

일단 일정 숫자 이상의 마법사가 있어야 하고, 마탑을 유지시킬 자금이나 마탑을 세울 수 있을 만한 기술이 있어야 했다.

그 기준을 넘을 경우 귀족원을 통해 심사를 보고 마법부에서 2차로 심사를 한 후 최종적으로 황제가 재가를 내려야 했다.

복잡했지만 현재 부처에서 이뤄지는 중요 사안들이 대부분 이러했으니 크게 달라진 건 없었다.

그저 귀족들에게 가해졌던 제약을 풀어 주었다는 것이 중요했다.

"이에 대해 불만이 있는가!"

"없사옵니다! 폐하의 뜻대로 하시옵소서!"

　황실 관료들이야 당연히 반대가 없었고, 귀족들 역시 모두 고개를 숙이며 찬성했다.

　귀족들의 제약마저 풀어 줬는데 반대가 있을 리 없었다.

＊

　대전 회의가 끝나자마자 이 소식은 곧바로 수도 전역에 알려졌다.

"마법부라는 게 진짜 생겼잖아?"

"거기다 황궁 마탑이 생겼어. 보니까 시설은 제대로던데?"

　제국민들이 광장에 설치된 거대한 영상구에 비치는 황궁 마탑을 보면서 감탄했다.

　그럴듯한 공방과 처음 보는 설비들, 게다가 수많은 마법사들이 연구하는 모습을 보여 주며 뭔가 대단한 곳이 생겼다는 것을 알게끔 했다.

　귀족들 역시 흥분하기는 마찬가지였다.

"귀족들에게 가해졌던 모든 제약이 사라졌군."

"그래."

늙은 귀족들이 이번 발표가 믿을 수 없다는 표정으로 말하자 옆에 있던 친구가 웃으면서 고개를 끄덕였다.

　둘 다 평민 출신이었으나 귀족이 된 인물이었다.

　하지만 귀족이 된 순간부터 마탑과는 정반대의 세력이 되고 만다.

　귀족이 되어 안정감 있는 생활을 하느냐, 마탑에 들어가느냐 단 두 개의 선택지만 있던 상황.

　군부의 도움으로 전투 마법사가 되었으니 귀족이 된다는 선택지밖에 없었다.

　그나마 늙은 귀족은 귀족이라도 되었다.

　옆에 있는 친구는 실력이 부족해 마탑에도 들어가지 못했고, 귀족이 될 수도 없었다.

　귀족이 된 마법사가 친구라는 이유만으로 마탑에서 받아들이지 않았기 때문이다.

　친구를 위해 뭐라도 해 주고 싶었지만 온갖 제약에 도울 방법도 마땅치 않았다. 그런 시기를 겪어 왔던 늙은 귀족에겐 이번 발표가 반가웠다.

　"지금이라도 다시 도전해 보게나!"

　"예끼! 이 나이에 말인가?"

　"내가 도움세!"

　환하게 웃으면서 말하는 친구를 보면서 노인이 마주 웃었다.

귀족이 되었으면서도 항상 옆에 있어 준 친구의 제안에 노인이 광장에 설치된 거대한 영상구를 바라보았다.

"황궁 마탑이라……."

새로 생긴 황궁 마탑을 중얼거린 노인이 오랜만에 눈을 빛냈다. 수십 년간 죽어 있던 눈이 오랜만에 빛나자 귀족 노인이 흐뭇하게 웃었다.

마치 어렸을 적 꿈을 꾸던 그때로 되돌아간 것 같은 느낌이 들었기 때문이다.

"그나저나 귀족도 황궁 마탑에 받아 주려나?"

그렇게 중얼거린 귀족 노인은 자신의 친구와 함께 황궁 마탑에 들어갈 방법을 찾기 위해 움직였다.

　　　　　　　　　　　※

늙은 귀족과 노인과 같은 사정이 있는 사람들이 하나둘 신설된 마법부를 향해 움직였다.

황궁 마탑, 그리고 귀족들의 마탑에 관한 문의가 빗발쳤다.

동시에 마탑의 제재로 인해 남은 원자재, 혹은 일을 멈춘 공방들이 황궁 마탑을 향해 찾아왔다.

그러자 당황한 건 기존의 마탑들이었다.

"……제대로 이를 갈았군."

"뭐 예상되던 일이었지. 황제가 마탑을 그냥 놔둘 리는 없었으니까."

혼란스러워하는 마탑 내의 마법사들을 보면서 두 명의 중년의 마법사가 피식 웃었다.

다른 이들은 몰라도 지금 대화를 나누는 두 명만큼은 이리될 줄 알고 있었다.

제국 내에서 가장 강력한 영향을 발휘하는 중앙 마탑 소속의 장로들이었으나 두 사람은 힘이 없었다.

라인을 타고 오른 게 아닌 순수 본인들의 능력으로 장로까지 올랐으나, 인맥도 힘도 없었기에 마탑 내에서도 천덕꾸러기 취급이었다.

특히 두 사람의 주력 분야 역시 배척받기 딱 좋았다.

공학에 미친 마법사 6장로 알버트.

생활 마법사 전문가 7장로 메디슨.

둘 다 능력은 있기에 버릴 수는 없었다.

하지만 마탑과는 반대되는 길을 걷는 이들이기에 결국 철저히 버림을 받았다.

솔직히 일반적인 마탑 소속의 마법사들처럼 마법에 몰두했다면 벌써 독립해서 마탑을 하나 차렸을 수도 있을 만큼 재능이 있었다.

그럼에도 마탑에 남아 있는 것은 가족들 때문이다.

자신들의 주력 분야로는 마탑을 세운다 한들 외면받을 것이기에.

그렇기에 능력도 없는 후배가 더 위로 올라가는 굴욕을 감내하면서 마탑에 눌러앉아 있는 것이다.

"재밌게 돌아가는군."

"그러게 말일세. 어떻게 되려나."

두 장로가 흥미롭다는 듯 웃으면서 마탑의 미래를 점쳤다.

그렇지만 어떤 것을 점쳐도 마탑의 미래는 어두웠다.

황제는 마탑과 거래를 할 생각이 없었다.

둘이 보기에 마탑에게 남은 선택지는 두 개밖에 없었다.

기득권을 내려놓고 황제에게 허리를 굽히며 용서를 빌거나, 끝까지 저항해서 멸망하거나.

"뭐가 되었든 마탑의 영향력은 줄어들 것이 확실하네."

"그렇겠지."

오랫동안 머물렀던 곳임에도 불구하고 냉정하게 마탑의 미래를 바라보았다.

어수선한 분위기의 마탑에서 빠져나온 두 장로는 한적한 거리를 걸었다. 오랜만에 밖으로 나온 마탑 밖의 풍경은 상당히 한적했다.

"황제가 작심했군."

"그러게."

마탑을 박살 내기로 마음먹었는지, 항상 바글바글하던 사람들이 지금은 거의 없었다.

자금을 끊으면서 주변 은행들이 문을 닫았고, 물자가 안 들어오니 공방은 비어 있었다.

거기다 중앙 마탑과 거래하던 상인들 역시 대부분 잡혀 들어갔으니, 개별적으로 거래하는 소수만이 마탑을 방문하는 것이다.

그마저도 다들 눈치를 보느라 다급한 상황이 아니면 찾아오질 않았다.

"약속 시간이 다 되어 가는군. 슬슬 움직이세."

"그러세."

한때 마탑의 동료였던 친구가 오랜만에 술 한잔하자고 자신들을 불렀다.

자신들이 장로가 되는 동안 밀려나서 결국 작은 아카데미의 계약직으로 있는 친구, 클린트.

교수 자리가 꽉 차서 미래에 자리가 비면 교수를 시켜 준다는 약속으로 계약직에 서명했었다. 장로급은 아니지만 나름 잘나가는 마법사가 이런 굴욕을 감내해야 하는 건 전부 라인을 타지 않았기 때문이다.

인맥이나 학연이 없는 이상 대부분의 평민 마법사들은 능력이 있음에도 살기 위해 굴욕을 감내해야 했다.

"오랜만이네."

멀리서 자신을 반기는 클린트를 보면서 미소 짓는 두 중년 마법사.

"일단 맥주부터 한잔하러 가지."

"바로 말인가?"

"이 사람! 우리 밥도 안 먹었네."

"안주로 배 채우면 되지."

오랜만에 봤으면서도 어제 만난 것처럼 반갑게 인사하며 근처 식당으로 들어갔다.

그 순간 웃고 있던 알버트와 메디슨의 표정이 딱딱하게 굳어졌다.

"자네……."

"일단 앉게."

식당 안을 장악하고 있는 실력자들.

그들 전부가 아닌 척 밥을 먹고 있었지만, 전부 두 장로를 견제하고 있었다.

5단계에 이른 자들답게 단번에 그걸 느끼고 그들의 친구를 바라보았다.

"자네…… 빚졌나?"

"빚 때문에 귀족을 알선해 주려는 거라면…… 우리한테 말을 하게. 우리 나름대로 잘나가네!"

"그딴 거 아니니까 좀 앉게."

클린트가 흥분하는 두 친구들을 간신히 진정시키자 그제야 로브를 입은 한 남자가 일단의 무리를 대동한 채 걸어 나왔다.

그것을 보자마자 알버트와 메디슨은 기세를 끌어 올렸다.

자신의 소중한 친구를 이용하려는 자에게 기세를 내뿜자 곧바로 주변에서 강렬한 기세가 터져 나왔다.

'하나같이 무시무시하군.'

'귀족 가문 중에 이 정도 수준의 무인들을 호위로 쓰는 자가…….'

두 장로가 대체 어떤 가문일까 궁금해하는 사이 클린트가 자리에서 일어나 고개를 숙였다.

"되었다."

가면을 쓴 남자가 후드를 벗으며 가볍게 친구의 인사를 받았다. 그 순간, 눈치 빠른 두 장로, 알버트와 메디슨이 황급히 고개를 숙였다.

"폐하를 뵙습니다."

얼굴까지 확인할 필요도 없었다. 그저 붉은 머리를 보는 순간 상황이 어떻게 돌아가는지 곧바로 파악할 수 있었으니까…….

"눈치가 빠르군."

카리엘이 감탄했다는 듯 두 장로를 바라보았다.

범상치 않은 자들이 식당에 있다는 것과 적발인 것만으로 곧바로 눈치챈 두 장로가 예사롭지 않게 느껴졌던 것이다.

"일단 앉지."

카리엘이 두 사람을 자리에 앉힌 후 차분하게 그들을 관찰

했다.

"내가 중히 쓰는 사람의 친구들이라길래 기대했더니……."

카리엘의 말에 알버트와 메디슨은 침을 꿀꺽 삼켰다.

황제의 옆에서 안절부절못하는 그들의 친구, 클린트 역시 실망한 표정을 지었다.

"제법 괜찮은 사람들이군."

일부러 두 장로를 긴장시킨 카리엘이 웃으면서 말했다.

"오랜만에 친구를 만났는데 시간을 뺏을 수는 없지. 본론만 말하겠다."

그렇게 말한 카리엘이 시종을 시켜서 계약서 두 장을 건넸다.

"황궁 마탑으로 와라."

"예?"

"예?"

두 사람이 멍하니 카리엘을 바라보았다.

"개인적으로 두 사람을 조사해 보았다. 그동안 마탑에서 받은 대우도 썩 좋지 못했더군. 능력이 있음에도 버러지 같은 놈들한테 밀리기도 했고."

카리엘의 말에 두 장로들의 표정이 어두워졌다.

"어차피 두 사람 다 마탑에 정이 있는 것도 아니잖나."

"그건……."

"그렇긴 하옵니다만……."

두 사람이 마탑에 남아 있는 이유는 먹고살기 위함이었다.

이미 마법계에서 찍힌 둘을 써 줄 만한 곳이 기존에 있었던 중앙 마탑뿐이었다. 마탑은 그걸 알고 그들을 철저하게 이용해 먹은 것이었다.

말석이나마 장로라는 직함을 준 것도 괜히 자존심 상해서 나가게 하지 않기 위함이 컸다.

중요한 곳은 전부 자신보다 한참 후배들이 자리하고 있었고, 라인을 잘 탄 후배들은 이미 고위 장로가 되거나 마탑이나 공방을 차리기도 했다.

"두 사람 다 가족들을 먹여 살리느라 적지 않게 돈이 나가는 걸 알고 있다."

그렇게 말한 카리엘이 시종을 시켜 두 개의 작은 상자를 테이블에 올려놓았다. 그러고는 직접 상자를 열어 내용물을 두 사람에게 보여 주었다.

"금, 금괴!"

"헉!"

한 개도 아니고 몇 개나 들어 있는 금괴를 보고 눈이 돌아간 두 장로들.

"이건 그대들의 영입 비용일 뿐. 연봉은 기존 세 배. 게다가 그대들이 개발한 것이 상용화될 시 이익금에 일정 퍼센트를 떼어 주지. 뭐, 많아야 1% 이내겠지만……."

1%라고는 하지만 그게 국가 규모로 이루어지는 사업에 사

용된다면 엄청난 금액을 벌어들일 수 있었다.

"미리 말해 두지만 난 자네들을 중히 사용할 생각이야. 단순히 마탑을 견제하기 위한 도구로 사용할 생각은 없다는 뜻이지."

그렇게 말한 카리엘이 슬쩍 눈짓하자 자신의 차례가 왔음을 느낀 근처에 있던 사람이 설명을 시작했다.

아카데미에서 계약직으로 일하던 클린트가 최근에 중요한 프로젝트를 하고 있다는 것이었다.

"그런데 왜 아직 임시 교수야?"

"계약직인 게……."

"비밀 임무를 수행 중이기 때문이다."

말하기 곤란스러워하는 클린트 대신 카리엘이 직접 말했다.

"짐은 마탑이 이 정도로 무너질 것이라 생각지 않는다."

그렇게 말한 카리엘은 향후 아카데미를 이용해서 마법과 공학을 대대적으로 발전시킬 생각이 있음을 알려 주었다.

그 계획의 핵심 인물 중 하나가 바로 클린트였다.

비록 4단계에 머물러 있지만 마공학과 마력 회로에서만큼은 두 장로들보다 많은 지식을 갖고 있는 그였기에 향후 제국을 발전시키는 데 핵심적인 역할을 할 것이다.

"자네는 생활 마법, 그리고 자넨 공학에 관심이 많다지?"

"그…… 그렇사옵니다."

"예, 폐하."

"특히 메디슨 자넨 몰래 연금술도 연마했다 들었네만."

"그것이······."

"아! 이제 불법이 아니니 겁낼 거 없네. 다만 자네가 만약 황궁 마탑에 들어오면 연금술 쪽 연구도 진행해야 할 것 같아서 말해 두는 것뿐이네."

그렇게 말하면서 카리엘은 품속에서 황궁 마탑의 주요 프로젝트가 적힌 보고서를 보여 주었다.

하나같이 굵직한 사업들이 엮여 있었고, 그 핵심엔 바로 황궁 마탑이 있었다.

"어떤가. 한번 해 보고 싶지 않나?"

카리엘의 물음에 두 장로들이 미친 듯이 고개를 끄덕였다. 마치 먹이를 앞에 둔 개처럼 흥분하면서 당장이라도 계약하고자 하는 모습에 만족스러운 미소를 지은 카리엘이 천천히 계약서를 보라고 말해 주었다.

"아! 하온데 위약금이······."

"아······."

갑자기 두 장로는 걱정스러운 표정이 되었다.

일반 마법사도 아니고, 마탑의 장로급쯤 되는 인물이 일방적으로 계약 파기를 한 대가가 적을 리 없었다.

"짐 앞에서 그걸 걱정하나? 그딴 푼돈은 짐이 다 내줄 테니 걱정 말고 몸만 오도록."

별걸 걱정한다는 듯 웃은 뒤에 나가는 카리엘을 멍하니 바라보는 두 장로.

한참 뒤, 카리엘이 식당을 완전히 빠져나가자, 평복 차림 의무인들도 일제히 식당을 빠져나갔다.

그렇게 모두가 빠져나간 식당에서 힘이 풀린 다리로 의자에 앉는 친구들을 보면서 클린트가 자신에게 있었던 일을 설명해 주었다.

어느 날 갑자기 두 황자들이 아카데미에 입학한 것도 놀라운 일인데, 자신에게 찾아와 아카데미 개혁을 같이 해 보자며 비밀리에 임무를 주었다.

그 당시 자신이 받은 돈은 장로들이 받은 것보다 두 배는 더 많았다는 설명도 곁들였다.

은근히 자랑하는 클린트의 모습에 알버트와 메디슨은 그제야 긴장이 풀린 표정으로 그를 응징했다.

"그래서…… 갈 거지?"

"안 가면 멍청이지."

"이미 폐하께서도 우리가 가는 줄 알고 계실걸."

두 사람을 보며 미소를 지은 클린트가 잘됐다는 표정으로 두 사람의 손을 잡았다.

"잘해 보자."

클린트의 말에 알버트와 메디슨이 고개를 끄덕였다.

그렇게 중앙 마탑의 장로급 인사를 빼 온 카리엘이 바쁘게 다른 곳으로도 움직였다.

마탑으로부터 벌레 취급받는 마도 공방의 중요 기술자부터 한직을 전전하는 마법사들까지 직접 움직여서 황궁 마탑과 공방으로 끌어들였다.

"대충 목표로 했던 인원들을 전부 빼냈군."

그렇게 말한 카리엘이 미소를 지었다.

목표로 했던 주요 인원들은 전부 빼냈다. 겸사겸사 2순위였던 이들도 빼내 오면서 목표치를 초과 달성했기에 이제부터는 직접 움직일 필요가 없었다.

"내일이 재밌어지겠어."

비밀리에 영입한 인재들은 일부러 같은 날에 옮기게끔 수를 써 놨기에 한날한시에 마탑이나 기존의 공방 대신 황궁으로 출근할 것이다.

＊＊＊

갑작스럽게 다수의 인원이 빠져나가면 아무리 거대한 마탑이나 공방이라도 당혹스럽기 마련.

가뜩이나 정부한테 처맞고 있는 상황에서 주요 인원들까

지 대거 이탈했다는 소식이 들려오면 어떻게 될까?

그 결과는 다음 날 아침이 되자마자 곧바로 알 수 있었다.

"이게 어떻게 된 일인가!"

중앙 마탑주 길리먼이 호통치자 주변 장로들이 고개를 숙였다.

인맥이 없어 밀려난 두 명의 장로.

그들뿐만 아니라, 한직으로 좌천된 마법사들 다수가 황궁 마탑 소속이 되었다는 말과 함께 엄청난 양의 위약금이 마탑주에게 직접 전해졌다.

황실에서 파견 나온 관료의 손으로 직접 위약금이 배달되자 길리먼이 패닉 상태에 빠졌다.

"저희와 계약한 공방에서도 많은 이들이 그만두었다고 합니다!"

"큰일 났습니다! 저희와 계약한 마탑에서 공정의 중요한 마법사들 상당수가 오늘부로 그만두었다고 합니다!"

"탑주님!"

멀리서 들려오는 마법사들의 다급한 목소리. 그것을 들으면서 길리먼은 지끈거리는 머리를 부여잡았다.

막대한 위약금을 부담하면서까지 황궁 마탑으로 빼내 가는 황제.

황제가 선택한 인물들은 마탑 입장에선 중요한 인물들은 아니었다. 마도구의 코어나 무구들의 핵심 부품을 제작하는 이들이 아니었고, 무엇보다 대부분이 단계가 낮은 마법사들이었다.

그렇기에 방치한 것이 문제였다.

무섭기로 유명한 황궁의 정보부를 이용해 이런 이들 중 쓸 만한 존재들만 쏙쏙 빼 간 것이다.

"……이걸 의도한 건가?"

길리먼이 마법사들이 준 보고서를 읽으면서 허탈한 표정을 지었다.

황제가 영입한 마법사들은 중앙 마탑만이 아니었다.

지역을 가리지 않고 전방위로 영입했으며, 그로 인한 위약금까지 전부 내주었다.

절대적인 숫자로 보면 그리 많은 숫자는 아니다. 하지만 어느 한 분야에서는 나름대로 일가견이 있는 이들이다.

마탑에서 소외되었지만, 어느 한 분야의 전문가 수준에 이른 이들을 죄다 쓸어 가면서 황궁 마탑에 모아 놨다.

전문가들만 모아 놨으니 뭐라도 이룰 터.

"망했군."

대략적으로나마 황제가 빼낸 인물들을 확인해 보니 황제의 의도가 무엇인지 명확하게 보였다.

"마도구의 대량생산을 하려는 것이군."

생활형 마도구부터 비공선, 열차까지 제국에 필요한 모든 것들을 개발할 생각이다.

그동안 마탑에 기득권을 유지하기 위해 막아 왔던 것을 스스로 박살 낼 생각을 한 것이다.

그리고 지금 영입한 이들은 거기에 꼭 필요한 인재들이다.

이제 정부는 굳이 마탑의 도움이 없어도 된다.

필요한 인재는 죄다 빼 갔고, 무엇보다 황궁 마탑에는 부족하기는 하지만 꽤나 그럴듯한 작업 환경이 조성되어 있었다.

황제가 직접 지원하기 시작했으니, 점차 더 좋은 환경이 될 터. 게다가 공방까지 확장해 나가면 마도구로 협박하는 짓도 더는 할 수 없게 된다.

"협상을…….."

이제 와서 협상하려 해도 제대로 될 리가 없었다.

그래도 아직까진 방법이 있었다. 당장에야 문제가 없다고 하더라도 나중엔 인력 부족에 시달릴 것이다.

그때를 생각하면 인재 양성을 생각하지 않을 수 없다.

10년 뒤를 생각하면 그조차 별문제 없겠지만, 황제의 계획대로라면 그 전에는 반드시 문제가 생긴다.

"해 볼 만해."

마탑 연합이 준비한 패가 통하지 않아 당황했지만 아직은 기회가 있었다.

"탑주님? 어디를 가시는지…….."

"황궁으로 간다."

길리면은 다급하게 마차를 타고 황궁으로 향했다.

예전이었다면 마탑을 상징하는 마차를 보면 황급히 문을 열어 주고는 했는데, 이제는 아니었다.

황궁의 문 앞을 지키는 근위병들조차 까다롭게 굴면서 온갖 검사를 다 받게 했고, 안으로 들어가서도 황궁 기사들에게 추가로 검사를 받게 했다.

"미리 연통을 넣지 않으셔서 시간이 좀 걸릴 것입니다. 나중에 연통을 넣고 다시 오시는 게 어떨는지요."

황제의 궁 앞에 선 늙은 시종장이 유려한 말솜씨로 말했지만 사실상 축객령이었기에 마탑주는 일그러질 뻔한 표정을 다잡고 허리를 굽혔다.

"기다려도 상관없습니다. 폐하만 뵐 수 있게 해 주십시오."

"으음…… 아시겠지만 폐하께선 무척 바쁜 분입니다. 일단 물어보겠으나 기대는 마십시오."

"……예."

시종장이 안으로 들어가자 마탑주가 이를 악물었다.

처음부터 황제가 쉽게 만나 줄 거라고 생각지는 않았기에 인내하면서 시종장이 나오기를 기다렸다.

"폐하께서 시간이 되신답니다. 들어가시지요."

자신의 예상과 달리 황제가 곧바로 만나 주겠다고 하자 마탑주가 눈을 동그랗게 떴다.

'나를 기다렸다는 건가?'

속으로 그렇게 생각한 길리먼은 곧바로 안으로 들어갔다.

"귀한 손님이 왔군."

그렇게 말한 카리엘은 미소를 지으면서 티 테이블로 안내했다.

"중앙 마탑주라 직접 찾아왔다라……. 그래, 무슨 일로 찾아왔지?"

카리엘이 곧바로 본론으로 들어가는 걸 선호한다는 것은 익히 알고 있었기에 길리먼 역시 다른 말 없이 곧바로 본론으로 들어갔다.

"폐하께서 원하는 바를 전부 들어드리겠습니다. 그러니 이제 그만하시지요."

"그래?"

생각보다 쉽게 항복한다는 듯 의외라는 표정으로 바라보는 길리먼을 바라보는 카리엘.

"생각보다 재미없군."

카리엘이 시시하다는 표정으로 길리먼을 바라보고는 더 말해 보라는 듯 턱으로 신호를 주었다.

그러자 길리먼이 조심스럽게 입을 열었다.

"마탑의 생산량을 지금보다 10배 이상 늘리겠습니다. 세금을 늘리셔도 받아들이겠습니다. 또한 중앙 부처에 마법사를 상시 파견토록 하여 중앙 부처에서 원하는 바를 잘 협조할 수 있도록 하겠습니다……. 마지막으로 마법사 인재 양성을 위해 적극 나서도록 하겠습니다."

길리먼이 하는 말을 전부 들은 카리엘이 피식 웃었다.

"항복은 무슨…… 거래를 하러 왔구만."

그렇게 말한 카리엘이 길리먼을 향해 미소를 지었다.

항복하는 것처럼 해 두고 실제 조건들은 전부 그지 같은 것들뿐이다.

생산량 10배? 애초에 쥐꼬리만큼 생산했는데 그걸 10배로 늘려 봤자 별 차이도 없었다.

세금을 더 낸다? 어차피 막대한 이득을 보고 있었고, 마도 구조차 지들이 가격을 정하기 마련이니 별문제 없다.

그리고 중앙 부처에 마법사를 상시 파견해서 협조한다는 것도, 여전히 지들이 우위에 있다는 것을 은연중에 드러낸 것이다.

즉, 앞서 말한 것들은 전부 마지막 말을 위해 그냥 내뱉은 것이나 다름없었다.

결국 핵심은 이것이었다.

'나중에 마법사 수급에 문제가 생길 텐데…… 우리가 도와 줄 테니까 적당한 선에서 그만하자!'

이런 뜻을 내포하고 있음을 알기에 카리엘이 재밌다는 듯 웃은 것이다.

"아직 여력이 남았나 봐?"

이때만을 위해 준비해 왔기에 사정없이 두드렸음에도 길리먼은 항복하지 않았다.

"정부 부처를 마탑과 거래하는 모든 곳을 압박하고, 자금을 동결시키고, 심지어 내부의 인재들까지 빼 갔는데도 이런 여유를 부린다……."

카리엘이 턱을 괴고는 흥미로운 표정으로 길리먼을 바라보았다.

사실상 정부가 할 수 있는 건 죄다 했다.

만약 이게 마탑이 아닌 상단이었다면 진즉에 거덜 나서 항복했을 정도로 두들겨 팬 것이다.

그럼에도 마탑은 여유가 있었다.

마법사라는 족속답게 자신들만 가지고 있는 기술, 그리고 그동안 벌어 놓은 막대한 자금, 마지막으로 마법사라 망해도 어딜 가서든 먹고살 수 있다는 자신감.

그렇기에 항복하지 않고 황제를 직접 찾아와 거래를 제안한 것이다.

"……제가 앞서 말한 조건들은 언제든 변경될 수 있는 것이옵니다. 그저…… 마탑들과 상의해서 천천히 진행해 주셨으면 합니다."

마지막의 명분까지 챙길 수 있도록 한발 더 물러서는 길리먼.

"그럴듯하군."

카리엘의 말에 길리먼이 기대감에 찬 표정으로 카리엘의 눈을 바라보았다.

"그렇지만 아쉽게도 거절해야겠어."

"폐하, 어느 정도 타협안이 있어야 저도 마탑들을 설득할 수 있사옵니다."

이대로 계속 싸울 거냐고 묻는 길리먼.

마탑과의 싸움이 길어지면 제국 입장에서도 좋지 않았다. 마법사 수급이야 나중 문제라고 하더라도 지금 당장 진행 중인 전쟁에서 문제가 발생할 수 있다.

"제가 반드시 책임지고 마탑들을 설득하겠습니다. 전쟁이라는 명분도 있으니 무리해서라도 10배 이상으로 마도구를 제작할 수 있게 하겠습니다."

"괜찮아. 그동안 비축해 놓은 게 있어서 당분간은 문제없어."

"폐하, 마탑이 멈추면 제국의 경제도 심대한 타격을 입을 수밖에 없습니다. 지금이야 별문제 없겠지만 황궁 마탑만으로는 절대 감당하실 수 없을 겁니다!"

"그렇겠지."

카리엘도 그 부분은 인정한다는 듯 고개를 끄덕였다.

"그럼에도 불구하고 거절하지. 이유는 곧 알 수 있을 거야."

빙그레 웃으면서 말하는 카리엘을 보면서 길리먼의 표정

이 찡그러졌다.

이제 그만 물러가라는 손짓에 조용히 집무실을 나온 길리먼이 생각에 빠졌다.

'숨겨 놓은 한 수가 더 있는가? 아니면 좀 더 우위를 점하려는 허세인가?'

지금 당장은 모르겠다는 표정으로 황제의 궁에서 나온 길리먼이 한숨을 쉬었다.

만약 자신을 긴장하게 하려는 술수라면 다행이지만, 정말로 숨겨 놓은 한 수가 더 있다면 일이 복잡해진다.

"허세이기를 바랄 수밖에……."

그렇게 중얼거리며 길리먼은 곧장 마탑으로 돌아갔다.

그새 마탑주가 황궁에서 황제와 담판을 지으러 갔다는 소문이 돌았는지 여러 곳에서 길리먼에게 연락이 왔지만 대답해 줄 수 있는 건 협상에 실패했다는 말뿐이었다.

길리먼의 실패 이후로 여러 마탑들이 카리엘을 알현하기 위해 애썼지만 전부 실패했다.

"정말로 뭐가 있는 건가?"

시간이 지날수록 마탑을 압박해 오는 강도가 높아지자 이제는 길리먼도 황제한테 뭔가 있음을 느꼈다.

바로 그때, 길리먼에게 한 마법사가 황급히 달려왔다.

"탑주님! 이것 좀 보십시오."

작은 영상구.

그 안에는 광장의 거대한 영상구가 실시간으로 보이고 있었다.

―짐의 수많은 개혁에도 불구하고 매번 인재 부족에 시달리는 이유에는 근본적인 문제가 있음을 느끼는 바. 모든 제국민들에게 기초 아카데미에서 배울 기회를 주어 많은 인재들을 양성해야 함을 느꼈……

"기초 아카데미?"

길리먼이 '고작 이거?'라는 표정으로 고개를 갸웃거렸다.

장기적인 대책이 될 수는 있겠으나 당장 1~2년 내에 있을 마법사 부족은 피할 수 없다.

어린 마법사들을 지금 바로 양성한다고 해도 몇 년은 걸리기 때문이다. 바로 그때, 길리먼에게 한 마법사가 다급히 신문을 건네주었다.

―아카데미 개혁! 그 주축은 두 명의 황자들!

"아카데미 개혁? 설마!"

의아한 표정을 짓던 길리먼은 설마 하는 표정으로 신문을 자세히 들여다보았다.

아카데미 개혁안

1. 아카데미의 전문화.

그동안 중구난방으로 이루어지던 아카데미 교육을 세분화해서 전문성을 높인다.

2. 인맥으로 유지되던 아카데미 교수직은 전면 개편한다.

그동안 자질이 없음에도 자리를 차지하고 있던 모든 교수들은 황자들과 학생들의 평가에 따라 전부 파면한다.

3. 아카데미 입학을 대가로 한 계약은 무효

사전에 외부 세력에 의해 강제로 들어오도록 약속을 받거나 귀족으로부터 강제적으로 파벌에 들게끔 계약을 쓴 경우 모두 무효화한다. 오직 아카데미 졸업 이후 스스로 선택할 수 있도록 한다.

4. 장학금

일정 수준 이상의 재능을 보인 자는 황실에서 전액 장학금을 수여한다. 혹 그러지 못한 자들이라도 학비를 마련할 다수의 방안을 마련할 것이다.

※이는 당장 내일부터 시행되는 일이며 향후 모든 아카데미로 확대 시행될 것이다.

굵직한 것들만 적어 놓은 아카데미 개혁안이었지만 그 안에 담긴 내용은 엄청났다.

당장 자신의 마탑에 들어오기로 예정된 마법사들마저 계약이 무효화된 것이나 다름없었기 때문이다.

마탑 입장에선 이미 계약한 걸 강제로 파기당한 것이라 항의할 수도 있었지만, 이제는 학생들이 스스로 '선택'해서 정한 아카데미 규칙이기에 딴지를 걸 수가 없다.

아카데미 안에 있는 수많은 학생들 중 9할 이상이 이 개혁안에 찬성했다는 것까지 신문에 실려 있었기 때문이다.

"이것이었나?"

당장에 아카데미에서 졸업하는 마법사들을 영입하는 것만으로도 단순한 업무는 처리할 수 있을 터.

시간을 벌었으니 남은 건 천천히 마탑을 옥죄는 것뿐이다.

장기적인 방안도, 단기적인 방안도 모두 마련되었으니 남은 건 마탑을 박살 내는 것뿐.

"……분열하겠군."

똑똑하기로 소문난 마법사들이라면 이제 자신들에게 가진 패가 없다는 걸 깨달았을 테고, 그렇다면 남은 건 항복뿐이었다.

설사 대부분의 마탑들이 마지막까지 연합 세력을 유지한다고 하더라도 조금씩 빠져나가는 마탑들만으로도 싸움은 끝난다.

항복하는 이들만 받아들인 후 마탑을 전부 쓸어 버려도 황제 입장에선 아쉬울 게 없기 때문이다.

※

그리고 결국 길리먼이 그토록 우려하는 일이 일어났다.

며칠도 아니었다.

바로 다음 날, 황제를 찾아간 대다수 마탑들이 모든 권한을 내려놓고 황제의 뜻에 따르겠다는 성명서를 발표했다.

그러자 거대해 보이던 마탑의 연합 세력이 빠르게 무너지기 시작했다.

기다렸다는 듯 제국에 있는 모든 마탑에 감찰부가 들이닥쳤는데, 중앙 마탑 역시 그것을 피해 갈 수는 없었다.

그래도 제국 최대 마탑에 대한 예의를 차린다고 감찰총장인 포돌스키가 마탑주의 방까지 홀로 찾아왔다.

"폐하께서 전하신 서신이오."

"……."

황제의 서신이라는 말에 길리먼은 두 손으로 받아 든 후 조용히 봉투에서 서신을 꺼냈다.

―이제 와서 봐 달라고 하면 곤란해. 봐주는 건 선착순일세. 자넨 늦었어.

"허허……."

황제의 서신을 본 순간 자신에게 어떤 희망도 없음을 깨달은 길리먼은 허탈한 표정으로 마른 웃음을 흘렸다.

"그러니 기회를 줄 때 잡지 그러셨소."

포돌스키가 안타깝다는 표정으로 길리먼을 바라보다 뒤쪽으로 눈짓했다.

그러자 그제야 안으로 들어온 감찰부원들이 길리먼의 양팔을 잡았다.

"배임, 횡령, 타국과 밀수, 허락되지 않은 마도구까지 타국으로 넘겼다는 정황이 발견되었소."

"……갑시다."

지금 길리먼이 할 수 있는 건 자신을 가만히 바라보는 포돌스키를 따라 감찰부에 가는 것뿐.

힘없는 발걸음으로 조용히 감찰부로 끌려가는 길리먼을 본 모든 사람들은 이제 진정한 황제의 시대가 도래했음을 깨달았다.

마탑들을 무너뜨리면서 비로소 얻게 된 절대 권력.

그것을 쥔 황제가 탄생한 것이다.

분열된 아이론을 집어삼켜라!

마침내 황제가 마탑까지 집어삼키면서 제국은 더 가파르게 변화할 준비를 끝마쳤다.

이 소식은 곧바로 제국 전역에 퍼졌고, 아이론을 비롯한 서대륙의 다른 국가들에게까지 퍼져 나갔다.

자신을 가로막던 모든 세력을 집어삼켰으니 카리엘 입장에서는 더는 거리낄 게 없었다. 제국 내부가 정돈되기 시작했으니 이제 시선을 외부로 돌릴 차례.

"일단 동부부터 해결해야 하나?"

집무실에서 지도를 보면서 고민에 잠긴 카리엘.

항복한 마탑을 통해서 철도와 비공선을 더 양산할 수 있는 준비를 시작하라고 명령했고, 동시에 각 마탑들이 갖고 있던 핵심 마법들과 기술들을 제공하는 조건으로 죄를 감해 주면서 정부가 주도적으로 마도구를 양산할 수 있는 체제까지 확립했다.

문제는 사방에서 전쟁이 일어나는 통에 이것들이 제대로 힘을 발휘할 수 없다는 점이다.

동부와 서부 양 방향에서 전쟁이 일어나고 있었고, 북쪽의 성국까지 견제해야 하는 판국이니 한 곳에 힘을 모을 수가 없었다.

"타리온."

"예."

"해적왕에게 연통을 넣어. 일단 동부부터 해결을 본다."

결론을 내린 카리엘이 명령을 내리자 타리온은 곧바로 고개를 숙이고 사라졌다.

자신이 직접 명령을 내렸으니 해적왕이라 할지라도 답을 줄 터.

그의 연통이 오기를 기다리면서 일에 몰두했다.

해야 할 것이 참 많았다.

그동안 마탑에 의해 막혀 있던 개혁들을 모조리 진행시키고 있었고, 그로 인해 모자란 인력은 죄다 동부에서 차출했다.

귀족들도 지지 않겠다는 듯, 열심히 나섰지만 한계가 있었다. 결국 고생은 중앙 부처의 기존 관료들이 할 수밖에 없었고, 그 때문에 카리엘에게도 일이 몰리는 상황이었다.

어느새 시간이 흘러 밤이 되었다.

"폐하."

야밤을 틈타 조용히 들어온 타리온을 보면서 카리엘이 물었다.

"답변은?"

"왔습니다."

그렇게 말한 타리온이 조용히 서신을 전했다.

"으음……."

해적왕이 전한 서신의 내용은 상당히 심각했다.

탈로스도 바보가 아니었기에 제국이 해적들을 이용하고 있음을 눈치챘다.

그렇기에 그들 역시 막대한 돈을 들여 아이사 군도의 해적들 일부를 자신들의 편으로 끌어들였다.

그로 인해 해적왕이 추진하는 계획들에 문제가 생겼다.

"그러게 진작 서부로 몰아내라니까."

일전에 해적왕에게 반대하는 세력을 서부로 몰아내 독립시키라고 충고했었다.

남은 세력으로 아이사 군도를 장악하면서 몰아낸 세력이 서부의 해적들을 집어삼킬 수 있도록 도우라고 했었는데, 미적거리더니 결국 이렇게 되어 버렸다.

"일단 우리가 약속한 것부터 먼저 진행할 수밖에 없겠네."

그렇게 말한 카리엘이 한숨을 쉬었다.

"이 서신을 해적왕에게 전해."

"예. 그리고 이것을⋯⋯."

"이건?"

"아이론 연맹주가 보낸 밀지입니다."

"그가? 갑자기?"

카리엘이 타리온이 건넨 밀지를 받아서 천천히 읽어 내려갔다.

"비밀리에 나를 보고 싶다네?"

"그렇습니까?"

"그래. 아무래도 아이론의 상황이 많이 다급해진 거 같은데⋯⋯."

카리엘의 말에 그럴 줄 알았다는 듯 타리온이 품속에서 보고서 하나를 꺼내서 건넸다.

"아이론에 관한 보고서입니다."

카리엘이 그가 건넨 보고서를 받자마자 단숨에 읽어 내려갔다. 제국이 마탑까지 휘어잡았다는 소식이 전해지면서 아이론 내부에서 혁명 세력이 더 활발하게 움직이고 있다는 내용이었다.

현재 아이론은 친제국파와 반제국파가 전쟁을 벌이면서 그로 인해 팍팍해진 삶에 지쳐 들고일어난 반정부파가 생겨난 상황이다.

거기다 서서히 세를 불려 나가고 있는 혁명 세력이 더해지면서 개판으로 변했다.

여러 세력들이 아이론 곳곳에서 일어나면서 예전의 자유롭고 강력했던 국가의 모습은 사라지고 지옥 같은 곳으로 변해 버렸다.

"최악의 상황이군."

그렇게 중얼거린 카리엘이 한숨을 쉬었다.

겉으로 보기에 여유로워 보이는 제국이지만 실상은 그렇지 않았다.

조금만 삐끗해도 제국은 무너질 것이다.

여러 개혁들을 통해 간신히 봉합해 가는 것뿐이지, 만약 삐끗해서 전쟁에서 패하기라도 하는 날엔 온갖 문제들이 터져 나올 것이다.

결국 제국이 살아남으려면 모든 전쟁에서 승리해야 했다.

"일단 로만부터 정리하자고."

그렇게 중얼거린 카리엘은 곧바로 다음 날 발표했다.

"남부를 어지럽히는 해적들에게 명한다. 지금이라도 남부를 어지럽히는 행위를 멈춘다면 제국은 그대들을 포용할 생각이다. 또한 원한다면 정식 국가로 인정해 수교를 맺을 것이다."

해적들에게 공개적으로 요청하는 소식에 서대륙은 물론이고 동대륙도 놀랐다.

두 대륙 간의 교역에 가장 방해되는 존재가 바로 아이사 군도의 해적들이었기 때문이다.

-해적들을 포용하려는 황제 폐하!

-해적들을 정식 국가로?

전쟁 중이었음에도 모든 신문사들이 해적들에 관해서만 기사를 낼 정도로 모두가 놀란 발표.

단순히 말만 던진 것이 아니었다. 마치 정식 국가에 사신을 보내는 것처럼 사신단을 꾸려 세일럼으로 보냈으며, 해적 왕에게 황제가 친히 서신을 보내기도 했다.

하지만 이것뿐이었다면 그저 하나의 '쇼'에 불과하다고 생각했을 것이다. 그런데 카리엘은 여기서 한발 더 나갔다.

"서대륙의 평화를 어지럽히는 로만의 행위에 제국은 더 이상 용납할 수 없음이니…… 공국을 침공하는 로만의 군대를 격멸하기 위해 군대를 모집하겠다!"

이미 동서로 나뉘어 어마어마한 숫자의 군대를 보내 놓은 제국이기에 추가로 지원군을 보내려면 병력을 추가로 모집할 수밖에 없었다. 그것을 공식적으로 발표하는 것과 동시에 그동안 숨겨 왔던 정보들을 하나씩 꺼냈다.

"제국의 정보부에 따르면 탈로스가 로만과 밀약을 맺은 정황이 발견되었다. 만약 제대로 된 해명을 하지 않는다면 탈로스는 서대륙의 '적'으로 규정할 것이다."

이미 알 만한 사람들은 다 아는 내용.

로테온과 탈로스, 성국이 합심해서 로만과 밀약을 맺었다는 사실이었으나, 카리엘은 탈로스만 콕 집어서 말했다.

서대륙의 '적'으로 공식적으로 규정하면서 로테온과 성국에 살길을 열어 준 것이다.

반제국파의 동맹에 내분을 일으켜 보겠다는 의도였다.

물론 제국이라는 거대한 적에 맞서기 위해 지금이야 별 효과가 없을지 모른다.

하지만 나중에는 어떻게 될지 알 수 없는 일. 탈로스 하나만을 집요하게 물고 늘어지다 보면 그들에게 패색이 짙어졌을 때 보다 쉽게 전쟁을 마무리할 수도 있을 것이다.

그때를 위해서 패를 깔아 둔 카리엘은 곧바로 동부 항구 세일럼으로 향했다.

🟎

"폐하를 뵙습니다."

제국의 황제가 해적들을 만나기 위해 직접 동부로 향한다!

이 사실에 아이사 군도 내에 있는 반해적왕 파벌들조차 동요했다. 제국이 이렇게 적극적으로 나오니 그동안 해적왕이 약속했던 것들이 정말인가 싶은 것이다. 이에 대한 확신을 주기 위해 카리엘이 직접 움직인 것이었다.

"오랜만이군."

해적왕 존 키드와 반갑게 인사한 카리엘은 주요 해적들과도 악수를 나누었다.

전부 남부 해역에서 한가락 하는 네임드들.

그리고 카리엘은 본격적으로 대화를 시작했다.

"제국은 아이사 군도 인근 해역에 관해 그대들의 주권을 인정할 생각이야. 이는 공국과도 이야기가 끝난 상황일세. 아이론 연맹주도 이에 찬성한다더군."

카리엘의 말에 해적들의 눈동자가 흔들렸다.

"이 전쟁이 끝나면 앞으로 동대륙과의 무역은 더 커질 거야. 그뿐만 아니라 교역량 자체가 지금보다 훨씬 늘어날 가능성이 높지."

그렇게 말한 카리엘이 수도에서 준비해 온 자료들을 보여 주었다. 일부러 무식한 해적들이 보기 쉽도록 그래프까지 손수 그려 왔다.

제국에서 시작된 혁명과 온갖 계획들로 인해 발전이 가속화되고 동부와 서부를 잇는 철도 사업이 완성되면 물류량은 폭증할 것이다.

"그러니 자네들의 역할이 중요하네."

"저희의 역할 말입니까?"

존 키드의 물음에 카리엘이 작게 고개를 끄덕였다.

"비록 우리가 동부 항구를 가졌지만 동대륙과의 교역에 유리할 뿐, 남쪽의 타 대륙의 나라들과는 교역에 어려움이 있을 수밖에 없네."

"아!"

"난 이왕이면 그대들이 남쪽 해적들까지 전부 집어삼켜 주었으면 싶군. 겸사겸사 서쪽 해적들까지 통합해서 바다의 무역로를 지켜 주는 사업을 하는 것도 나쁘진 않을 걸세."

카리엘의 말에 해적들이 몽롱하게 변했다.

"지금처럼 노략질하는 거? 분명 돈이 되기는 하겠지. 하지만 생각해 보게. 안전한 무역로가 생기면서 폭증하는 무역량을⋯⋯. 그로 인해 얻을 보호비와 무역로 곳곳에 위치한 섬에서 벌어들이는 막대한 돈은 지금과는 비교도 되지 않을 거야."

"으음⋯⋯."

카리엘의 말에 해적들이 아직은 감이 잘 안 온다는 표정을 지었다.

그런 그들을 위해 카리엘은 인내심을 가지고 설명했다.

"아이사 군도와 남서부 지역의 섬을 장악한다면 그대들은 모든 무역로를 장악한다는 뜻이야. 아직도 감이 잘 안 오나?"

안전한 무역로가 만들어진다.

이 뜻이 무엇일까?

지금보다 훨씬 더 많은 상인들이 무역에 뛰어든다는 뜻이된다. 그렇다는 건 지금보다 몇 배나 많은 무역량이 남부 해역을 통해 이루어진다는 것을 뜻하니, 그 과정에 생기는 수입은 모조리 해적들의 것이 된다는 뜻이었다.

"자네들 중에도 고리대금업을 하는 자들이 있다고 들었는데?"

카리엘의 말에 몇몇 해적들이 고개를 끄덕였다.

약탈한 돈으로 남부 왕국들에 잠입해 몰래 고리대금업을 하는 해적들이 있었다.

무역선을 털다 보니 돈이 상당히 많았고, 그러다 보니 불법으로 돈놀이하는 해적들 역시 규모가 상당히 클 수밖에 없었다. 그런 자들이 보기에 카리엘의 말은 충분히 가능성이 있는 얘기였다.

"남부나 제국에서 주는 푼돈에 연연하지 말고 진짜로 '돈'을 벌어 보게."

그 말에 해적들이 자신도 모르게 고개를 끄덕였다. 범죄가 아닌 정당한 방법으로 지금보다 몇십 배나 많은 돈을 벌 수 있다면?

충분히 해 볼 만했다.

"물론 이렇게 되기 위해서는 사전 준비가 좀 필요하지."

"무엇입니까?"

해적왕의 물음에 카리엘이 빙그레 웃으면서 말했다.

"간단하네. 제국이 동대륙의 국가들을 지원할 수 있게 도와주게."

밀약이 아닌 공식적인 루트를 통해 로만 인근의 국가를 지원하는 것.

공식적으로 지원하는 것이기에 많은 물자를 지원할 수 있을 것이고, 그 물자들이 가는 선박을 해적들이 지켜 준다.

그렇게만 된다면 아무리 로만이라도 지금처럼 대군을 공국을 공략하는 데 사용하지는 못할 것이다.

그럴 경우 제국은 군대를 빼서 아이론에 집중시킬 것이다.

"만약 아이론 사태가 안정화된다면 서부의 해적들을 장악하게끔 우리 해군을 통해 도와주도록 하지."

"이 약속을 문서로 남길 수 있습니까?"

한 해적의 물음에 카리엘이 웃으면서 고개를 끄덕였다.

"물론이지. 난 그대들을 정식 국가로 인정하기로 했네. 정식으로 국가가 된다고 발표하는 즉시 문서화해서 보내 주도록 하지."

여기까지 약속하자 해적왕의 반대파로 보이는 몇몇 해적들도 고개를 끄덕였다.

일부러 기자들까지 불러다 놓고 하는 공식적인 협약.

그것을 해적들과 맺는 순간, 서대륙이 난리가 났다.

물론 동대륙 역시 난리가 날 수밖에 없었다.

제국의 지원을 받아 보겠다는 동대륙의 나라들이 죄다 무역선을 타고 제국에 몰려왔기 때문이다.

그 수많은 국가들 중에 제국에 낙점받은 것은 '윙사르'였다. 윙사르와 제국 간의 협약이 체결되는 바로 그 순간, 로만의 국경에 윙사르의 군대가 침공을 개시했다.

그러자 대군으로 공국을 몰아치던 로만의 대군이 당황하

기 시작했다.

지원을 받은 후에나 움직일 줄 알았던 윙사르가 곧바로 움직였기 때문이다.

그로 인해 윙사르 접경 지역에 있는 로만의 군대가 막대한 피해를 입었지만, 그놈의 자존심이 뭐라고 기어이 절반 정도만 뒤로 빠지는 선에서 군대를 유지시켰다.

하지만 그것으로 충분했다. 그 정도면 공국이 자체적으로 감당할 수 있는 수준이었고, 제국의 동부군과 중앙군, 그리고 아켈리오가 빠지기엔 충분했기 때문이다.

- 아이론 연맹에 아켈리오가 이끄는 추가 지원군 파견!
- 제국이 본격적으로 아이론 연맹의 내전에 개입하다!

마침내 제국의 모든 군대가 아이론에 집중되기 시작하자 모든 신문사들이 이에 대해 보도했다.

아켈리오와 중앙군은 곧바로 아이론을 향해 움직이기 시작했고, 동부군은 탈로스를 압박했다. 아이론에 진입한 탈로스 주력군을 조금이라도 빼기 위함이었다.

그러다 보니 지지부진하던 아이론 내전도 다시금 본격적으로 싸울 준비를 했다.

"제국군이 오고 있습니다. 후퇴해야 하는 것 아닙니까?"

"아니. 우린 여기서 아이론의 정부군을 격퇴한다."

"하지만 아이론 내에서 반발하는 세력이 적지 않습니다."

부관의 말에 피레스 공작이 침음성을 흘렸다. 사실 이렇게 전쟁이 질질 끌린 이유가 바로 아이론 내에서 일어난 반발 세력 때문이다.

'우리의 일은 우리가 알아서 한다! 모두 꺼져라!'

친제국파나 반제국파 모두 타국의 군대를 끌어들인 시점에서 매국노나 다름없게 된 셈.

그러다 보니 몇몇 거대 상단들을 중심으로 뭉치며 반정부군이 만들어졌다.

거기다 기존의 체제에 불만을 갖고 있는 혁명 세력까지 들고일어나면서 남부 왕국군에 대해 저항하기 시작했다.

제국만 상대해도 힘들 지경인데, 여기저기서 들고일어나는 아이론의 자체적인 반군 세력까지 신경 쓰다 보니 상황이 여기까지 온 것이다.

"그냥 밀어 버린다."

"그러다간 아이론의 반제국파가 떨어져나갈 수 있습니다."

"어쩔 수 없어. 더 미적거리다간 전쟁 자체를 질 수 있다. 흩어져 있는 로테온군을 전부 집결시켜. 빠른 시일 내에 모든 걸 마무리 짓는다."

"예!"

로테온의 제1검인 피레스 공작이 결단을 내렸다.

제국군이 도착하면 모든 것이 끝이었기에 위험을 감수하

고 병력을 집결시키기 시작한 것이다.

그 과정에서 저항하는 반란군을 잔혹하게 죽이는 일이 발생하면서 반제국파에 가담했던 아이론 측 인사들이 반발했다.

그럼에도 불구하고 무시하고 병력을 집결시키는 피레스 공작.

그러자 탈로스군도 움직였다.

"제국군이 오기 전에 뚫어야 한다. 우리도 모든 군을 이곳으로 집결하라고 해!"

"본국에서 연락이 왔습니다. 제국의 동부군이 파죽지세로 내려오고 있다고 합니다."

부관의 보고에 클레타 공작이 인상을 찡그리며 말했다.

"남은 병력으로 버텨 보라고 해. 우린 여기서 아이론을 점령한다."

"하오나…… 제국군을 상대로 얼마나 버틸 수 있을지…….."

"여기서 아이론을 빼앗기면 더 큰 위기를 초래한다. 우린 전하의 명령대로 친제국파를 아이론에서 몰아내야 한다."

탈로스의 제1검인 클레타 공작마저 승부수를 던졌다.

반제국파와 함께 두 남부 왕국군이 밀고 올라가려는 움직임을 보이자, 친제국파의 정부군은 황급히 전선을 당겼다.

지금처럼 반제국파를 완전히 밀어내기보다 주요 요새들을 중심으로 버텨 보겠다는 것으로 전략을 수정한 것이다.

그러자 제국군도 그에 발맞춰 아이론군을 중심으로 모여

들었다. 제국의 지원군이 올 때까지 어떻게든 버텨 보겠다는 것이다.

그렇게 아이론의 상황이 급박하게 돌아갈 때, 비밀리에 아이론에서 온 한 인물이 카리엘을 찾았다.

"오랜만이오."

"오랜만에 뵙습니다."

비밀리에 황궁을 찾은 아이론의 연맹주가 인사를 했다.

"상황이 급박한 거 같은데……."

"예. 그래도 폐하의 은혜 덕분에 어떻게든 버티고는 있습니다."

어색하게 웃으면서 말하는 제이론 폴.

그동안 고생을 많이 했는지 수척해진 얼굴로 카리엘을 바라보았다.

그러자 동질감을 느낀 카리엘이 안쓰럽다는 표정으로 몸에 좋은 약초로 우린 차를 내오게 한 후 조용히 물었다.

"밀지로 나를 만나고자 청한 이유가 무엇이오?"

"혁명 세력 때문에 뵙자고 했습니다."

"……혁명 세력?"

카리엘이 고개를 갸웃거리자 제이론이 쓴웃음을 지으면서 말했다.

"아이론 내부에 혁명 세력이 생겼다는 것쯤은 아실 겁니다."

"으음……."

카리엘이 별다른 말을 하지 않고 가만히 제이론을 바라보자 그가 한숨을 쉬며 말했다.

"그 혁명 세력이 제국과 통합하자고 주장하는 자들이라는 것도 아실 테지요."

아이론이 생겨난 기원.

그것은 자유와 공정한 기회를 통해 능력 있는 자들이 더 잘사는 사회가 되자는 것이었다.

상인들이 세운 나라.

그런 아이론이 썩어 들어가면서 이제는 타국의 대리 전쟁터가 되었다. 그러자 그에 분노해 이럴 바에는 차라리 제국에 합병되자는 무리, 즉 혁명 세력이 나타났다.

카리엘이 귀족들을 박살 내고 혁명 세력을 끌어들일 때부터 점점 커지던 혁명 세력은 제국이 마탑을 박살 내면서 급격한 발전을 이루기 시작하자 폭발해 버렸다.

'이럴 바에는 차라리 제국에 통합되자!'

이 주장에 코웃음 치던 사람들도 슬슬 관심을 가지기 시작했다. 그도 그럴 것이, 본래 아이론 연맹 자체가 제국에서 떨어져 나온 국가였기 때문이다.

막강한 돈을 가진 상인들이 마스터급 용병들과 수많은 군대마저 사서 반란을 일으키려 하자 독립시켜 준다는 말과 함께 제국 각 지역에 반발하던 자들을 죄다 모아 놓은 게 아이론의 시작이었다.

"반정부파나 혁명 세력 모두 아이론의 밑바닥을 경험한 이들이 많습니다."

아이론의 밑바닥은 지옥이나 다름없었다.

차라리 제국의 탄광에서 구르고 있는 범죄자들이 더 나을 지경이니 말 다 한 것이다.

철저한 자본주의사회이다 보니 더 악랄하게 사람을 부려먹었다.

제이론에 의해 시작된 복지사업은 그저 그들의 삶을 그저 연명하게끔 만들어 주는 것에 불과했다.

"그들은 제국의 체제 아래로 들어오길 희망합니다."

"아이론 정부는 반대하는 입장 아니오?"

"예. 저희 입장에선 아이론이란 국가를 포기할 수는 없으니까요."

제이론이 쓴웃음을 지었다.

사실 그는 개인적으로 차라리 제국에 나라를 넘기는 것이 나을 수도 있겠다는 생각을 갖고 있었다.

하지만 그를 따르는 상인들은 달랐다.

아이론에서 이뤄 놓은 모든 것이 제국으로 편입되면 어떻게 될지 알 수 없다.

그로 인한 불안감 때문에 제국으로 다시 돌아가는 것만큼은 기를 쓰고 반대했다.

아무리 친제국파라 하더라도 나라가 넘겨지는 것은 다른 문제였기 때문이다.

"하지만 돌아가는 상황은 더 버티지 못하게끔 몰아가고 있네요."

자조 섞인 말투로 말한 제이론이 고개를 숙이며 카리엘에게 부탁했다.

"연맹을 만들어 주십쇼."

"연맹? 설마……."

"예. 새로이 만들어진 연맹 안에 저희들이 들어가면 제국의 속국이 되는 것과 비슷한 효과를 볼 수 있을 겁니다."

"으음……."

카리엘이 고민하는 듯하자 제이론이 곧바로 입을 열었다.

"지금처럼 국가를 유지하고자 하는 것이 아닙니다. 어느 정도의 독립 체제만 유지하게끔 해 주시면 됩니다."

"어느 정도라……."

"세일럼 정도면 충분한 것 같습니다. 다만 그 규모가 좀 커질 뿐이지요."

현재 동부의 세일럼 항구가 가진 독립성.

그 정도만을 바라는 제이론의 말에 카리엘이 고개를 끄덕였다.

"한데 이렇게까지 하는 이유가 무엇이오?"

"뒷감당이 무서워서지요."

제이론의 말에 카리엘이 고개를 갸웃거렸다.

"뒷감당?"

"공짜로 도와주시는 건 아닐 거 아닙니까?"

제이론의 말에 카리엘이 헛기침했다.

지금 제국이 아이론을 도와주는 것은 남부 왕국들과 성국을 견제하기 위함이지만 그렇다고 공짜로 도울 수는 없는 법.

나중에 모든 전쟁이 끝났을 때, 제국은 그동안 도와준 대가를 어느 정도는 받아 낼 생각이었다.

문제는 두 명의 마스터와 제국의 정예군 대부분을 보낸 이상 일부만 대가로 받는다 할지라도 아이론이 감당하기엔 버거울 것이라는 점이다.

"어차피 폐하께서 계신 이상 아이론이란 나라가 오래 유지되진 못할 거라 생각합니다."

"으음……."

"그럴 바에 미리 제국에 들어오는 게 훨씬 낫지요. 미리 오면 이렇게 거래라도 할 수 있는 거 아닙니까?"

제이론이 빙그레 웃으면서 말했다.

마탑의 탑주들은 기회를 놓쳤기에 혹독한 대가를 치렀지만 머리가 좋은 제이론은 이 기회를 놓치지 않았다.

'영리하군.'

전생에 제국을 지켜 낸 재상인 루터에 버금가는 천재.

그렇게 평가한 카리엘이 피식 웃었다.

'내 계획은 쓸모없게 되었네.'

아이론을 집어삼키기 위해서 혁명 세력을 이용해 작업을 할 생각이었는데 그럴 필요가 없어졌다. 오히려 이런 결단을 내릴 수밖에 없는 제이론을 안쓰럽게 바라보았다.

전생의 자신이 생각났기 때문이다.

여기저기서 일은 터져 나오고 있고, 나라는 멸망 직전에 이르렀다. 그 당시 절절하게 느껴졌던 절망감이 제이론의 얼굴에서 느껴졌다.

"폐하께도 그렇게 나쁜 거래는 아닐 겁니다. 아이론이 제국에 들어가면 공국 역시 이리할 테니까요."

"공국까지 욕심낼 생각은 없소. 지금의 관계로 충분하오."

"공국은 그리 생각하지 않을 텐데요."

제이론이 미소를 지으면서 말하자 카리엘이 헛기침했다.

이미 공국 내에 제국 동부군을 상시 주둔시키겠다는 결정을 내렸다는 것 자체가 반쯤은 제국에 들어가겠다고 선언한 것이다. 그렇기에 아이론이 제국에 흡수되면 공국도 그리할 가능성이 높았다.

"아이론과 공국을 삼키면 서대륙의 통일도 꿈만은 아닐 겁니다."

제이론이 그렇게 말하면서 집무실 한쪽에 걸린 지도를 바라보았다.

서대륙의 중앙을 전부 먹은 이그니트.

남은 건 남부 왕국들과 성국뿐인데, 제국의 발전 속도라면 그들까지 집어삼키기까지 그리 오랜 시간이 걸리지 않을 것이다.

'서대륙을 통일하면 다음은 동대륙일까?'

거기까지 생각한 제이론이 카리엘의 얼굴을 힐끔 보았다.

어쩌면 자신은 역사에 길이 남을 위대한 황제와 같은 시대를 살고 있는지도 몰랐다.

"후…… 좋소. 그럼 발표는 언제쯤 하는 게 좋겠소?"

"지원군이 오는 타이밍이 어떠신지요?"

그렇게 말한 제이론이 아이론의 현 상황을 직접 설명해 주었다. 지금 이 순간에도 남부 왕국들의 횡포에 반제국파에서 이탈하는 이들이 많았다.

그들 중 일부는 친제국파에 합류하기도 하지만 대부분 혁명 세력이나 반정부파로 흡수되고 있었다.

그러니 최대한 그들을 흡수한 다음 혁명 세력과 반정부파와 협상을 끝내고 스무스하게 제국에 합병된다는 발표를 하는 것이 좋았다.

"그럼 이만 가 보겠습니다."

제이론이 일어나서 고개를 숙이자 짧게 고개를 끄덕인 카리엘이 직접 제이론을 배웅했다.

"후…… 지금 당장 대신들을 소집하게."

"예."

제이론을 보낸 카리엘이 곧바로 주요 대신들을 소집했다.

방금 제이론과 있었던 일을 애기해 주자 모두 놀라워했다.

몇몇 이들은 믿을 수 없다는 표정으로 카리엘에게 몇 번이나 묻기도 했다. 그도 그럴 것이 아이론이 스스로 제국에 합병되기를 원한다는 내용이었기 때문이다.

소국도 아니고, 한때 강국으로 불렸던 아이론이다.

"상황이 이렇게 되었으니 좀 더 무리를 해도 될 것 같은데……."

"주요 귀족들에게 사정을 설명해 두고 진행한다면 큰 무리는 없을 것입니다."

카리엘의 말에 재상이 고개를 끄덕이면서 동의했다.

명분은 제국의 옛 고토 회복.

아이론이 제국이 된다는 데 거부하는 이들은 없을 것이다. 혁명 세력 역시 이러한 명분이라면 큰 불만은 없을 터.

제국민들 역시 어느 정도 선까지는 이해해 줄 것이다.

"그럼 바로 진행하게."

"알겠습니다."

카리엘은 그 자리에서 재무대신과 내무대신을 통해 추가적인 물자 확보를 명했고, 군부대신을 통해 추가 징집을 명했다.

동시에 황궁 기사단 일부와 정보부의 특수 병력까지 아이론으로 급파했다.

"이참에 바로 끝장을 봐야겠어."

그렇게 말한 카리엘은 대신들을 닦달해 아이론으로 향할 물자를 더욱 늘렸다. 이왕 이렇게 된 거, 이제는 단기전으로 결판을 내야겠다는 생각 때문이었다.

제국의 모든 역량이 아이론에게 집중되기 시작하자 남부 왕국들 역시 더 빠르게 아이론을 점령하려 했다.

하지만 뭐든 급하면 탈이 나는 법.

남부 왕국들이 급하게 전쟁을 치를수록 반제국파의 이탈은 더 가속화되었다.

동시에 혁명 세력의 규모 역시 빠르게 커지면서 아이론 내부에 친제국파 인사들이 빠른 속도로 늘어 갔다.

모든 상황이 제국에게 유리하게 흘러갈 무렵, 황궁으로 안 좋은 소식이 들어왔다.

"폐하."

카리엘에게 북부에서 온 서신을 전하는 타리온.

까마귀를 통해 다급히 보낸 서신을 읽는 순간 카리엘의 표정이 굳어졌다.

"미친! 타리온, 지금 당장 그림자들을 데리고 이곳으로 가라."

"예!"

"시종장…… 아니, 군부대신 불러!"

카리엘의 다급한 목소리에 타리온이 황급히 나가서 군부
대신을 호출하라고 지시하고는 사라졌다.

-북부 방어선 뚫렸음.
-북부군 주력 병력은 성국에 묶여 있음.
-성국의 별동대가 제국을 통과해 아이론으로 진입할 예정.
-별동대 수장은 태양검.

북부 방어선 일부가 뚫리면서 성국의 정예들이 아이론으
로 향했다. 황급히 집무실로 온 군부대신에게 서신의 내용을
보여 주자 그가 빠르게 파악하고선 자신의 의견을 말했다.
"별동대를 이끄는 자가 태양검이라면 성국의 정예들로 꾸
려졌을 가능성이 높습니다."
"서부군에게 지금 알린다면……."
"아시다시피 서부군의 주력은 아이론에 있습니다. 서부 지
역에 부대들이 남아 있긴 합니다만 별동대를 막긴 역부족일
것입니다."
군부대신의 말에 카리엘의 표정이 일그러졌다.
"별동대가 아이론에 진입하면 어떻게 되지?"
"정부군의 뒤를 치게 될 것입니다. 요새들 중 한 곳만 별동
대에 무너져도 연쇄적으로 전선이 무너질 수 있습니다."
주요 요새들을 통해서 남부 왕국들의 군대를 막고 있는 정

부군은 수도를 중심으로 요새를 이어서 전선을 만들어 놨다.

그곳 중 하나가 무너지면 연쇄적으로 무너지면서 수도까지 길이 뚫릴 수도 있는 것이다.

그럴 경우 9할 이상 지원군이 오기 전에 아이론이 무너질 가능성이 높았다.

"일단 서부에 알려."

"그리하겠습니다."

"후…… 그림자들이 갈 때까지 버텨 줄까?"

"어렵습니다."

그렇게 말한 군부대신이 서부군에 대한 정보를 빠르게 생각해 보았다.

그러다 뭔가 생각났는지 눈을 크게 뜨면서 말했다.

"폐하!"

"뭔가 생각났나?"

"대공가! 대공가가 있습니다!"

"대공가의 주력은 소가주와 함께 아켈리오 경과 있을 텐데?"

카리엘의 말에 군부대신이 고개를 끄덕였다.

"그렇사옵니다. 하오나 폐하, 대공가엔 그동안 지원해 준 것으로 인해 새로이 기사가 된 이들이 여럿 있을 것이옵니다."

"아직 부족할 텐데……."

"기존에 그들을 키운 베테랑들도 있을 것이니 해볼 만하옵니다."

서부에 남아 있는 부대들과 대공가의 기사들이 힘을 합친다면 시간 정도는 끌어 볼 수 있었다.

"그래도 부족할 텐데?"

성국의 최정예들로 구성되었다면 병력이 부족한 건 둘째 치고 질이 너무 떨어졌다.

웬만해선 그냥 돌파당할 가능성이 높았다.

"먼저 아이론에 연락해서 별동대가 아이론에 진입할 것을 경고해야 합니다."

"그쪽에 병력이 남아 있었나?"

이미 아이론의 정규군은 죄다 남부 왕국들을 막기 위해 동원되었다. 북쪽은 제국에게 맡겨 놓겠다는 듯, 모든 병력을 남쪽으로 긁어모은 것이다.

"혁명 세력과 반정부군이 있다고 들었습니다. 그들에게 별동대의 침공을 알리면 될 겁니다."

"후…… 좋아. 만약 그들이 방어선을 구축한다면?"

"그들이 방어선을 구축할 때, 저흰 서부군을 한데 끌어모아야 합니다. 애초에 합류 지점을 아이론으로 하시옵소서."

치안을 유지하기 위한 최소한의 병력까지 박박 긁어모아 아이론의 병력과 함께 전선을 만들어야 했다.

"후…… 가능할까?"

"해야 하옵니다. 일단 서부는 완전히 비워 두도록 하겠습니다."

괜히 병력 손실이 일어나지 않게끔 서부를 비우고 모든 병력을 아이론에 집결시킨다는 군부대신의 말에, 카리엘은 고개를 끄덕여 허락했다.

"어서 움직여."

"예! 폐하."

카리엘의 명령에 다급하게 사라지는 군부대신.

그가 대공과 서부군에 연락하러 가는 사이 카리엘은 지원군과 함께 움직이는 소가주에게 연락했다.

마법사를 통해 통신을 연결했으나, 급속 행군 중인지 한참 동안 연락이 닿지 않았다.

초조한 마음으로 30분 가까이를 기다린 끝에 마침내 연락이 닿았다.

통신구에 불이 들어오는 순간 카리엘이 다급하게 말했다.

"글렌!"

-예, 폐하.

"지금 당장 대공가로 가게!"

-예?

갑작스러운 명령에 멍청하게 되묻는 글렌.

그런 그에게 카리엘이 빠르게 사정을 설명했다.

"별동대를 막기 위해선 대공가의 정예 기사들이 필요하다. 대공과 서부군이 시간을 끌겠지만 역부족일 거야. 그들을 살리려면 최대한 빨리 도착해야 한다."

카리엘의 명령에 다급히 대답을 하고는 곧장 기사단을 이끌고 서부로 향했다.

"후……."

다급히 모든 명령을 마친 카리엘은 지친 표정으로 한숨을 쉬었다.

"이것만 막으면 돼."

성국의 도박 수.

이대로 있다간 아이론이 제국에 먹힐 것 같자, 성국 입장에서도 온 힘을 다해 도박한 것이다.

남부 왕국들이 그러했던 것처럼 성국 역시 국운을 걸고 아이론 내전에 참여했기에 정예만을 모아 별동대를 꾸렸다.

이제 승리의 향방은 성국의 별동대가 아이론에 들어가느냐 마느냐에 따라 나뉠 것이다.

"부디…… 막아 주기를……."

간절히 기원하던 카리엘이 자신이 할 수 있는 것을 했다.

서부군이 버틸 것을 예상하며 중앙군에 남은 기사들을 긁어모아 빠르게 서부로 급파했고, 마법사들 역시 지원했다.

─ ※ ─

그렇게 중앙에서 성군의 별동대에 빠르게 대처할 때, 군부대신으로부터 연락을 받은 대공가는 서부군을 규합해 곧바로 아이론으로 향했다. 대공을 중심으로 서부에 있는 모든 병력이 집결하자 곧바로 아이론으로 향했다.

별동대가 공격해 올 예상 지역을 향해 이동하자 미리 와서 대기하고 있던 아이론의 병력이 제국군을 요새로 안내했다.

전선에서 가장 취약한 부분.

본래 견고했던 요새는 대부분의 병력이 빠져서 텅 비어 있었다. 그곳을 소수의 아이론군과 여기저기서 합류한 혁명 세력, 그리고 반정부군이 채우고 있었다.

본래라면 함께할 수 없는 이들이지만, 외세의 침공에 대항한다는 대의 아래 한데 모여서 싸우고자 하는 것이다.

"지휘는 대공께 맡기겠습니다."

"고맙네."

자신에게 지휘를 맡긴다는 말에 고개를 끄덕이고는 병력을 지휘해 요새를 정비했다.

가지고 온 마도포나 폭탄들을 곳곳에 설치하고 별동대가 오기를 기다렸다.

"온다! 모두 전투준비!"

듀칼의 명령에 제국의 병력이 일제히 자리를 잡았다.

멀리서 나타난 별동대에 마도포를 발사하고 폭탄을 날리는 것을 시작으로 전쟁이 시작되었다.

"막아라! 버텨야 한다!"

대공의 명령에 모두가 이를 악물고 요새를 향해 뛰어드는 성기사를 막으려 했다. 하지만 이들 역시 대부분 정예군이 아니다 보니 정예 성기사를 막기란 쉽지 않았다.

대공가의 기사단조차 대다수가 신입 기사들이었기에 요새 내부로 들어서는 성기사들은 점차 많아지기만 했다.

그나마 숫자와 화력으로 어떻게든 버텨 보고 있었지만, 그 조차도 쉽지 않았다.

"저자는 내가 상대하지."

어느새 성벽 위로 올라온 태양검이 대공을 향해 검을 휘둘렀다.

쾅! 쾅!

"크윽!"

자신의 앞을 가로막은 듀칼을 쉴 새 없이 몰아붙이는 태양검.

비록 흑마법사들로 인해 몇 차례나 굴욕을 당했던 그였지만 성국의 2인자라 불리는 무위를 가진 자답게 매우 강력했다. 그나마 6단계 이른 듀칼이기에 대적이라도 할 수 있는 것이다.

'마스터에 다가섰군.'

그렇게 생각한 대공이 자세를 바로잡았다.

마스터에 가깝다는 태양검의 평가는 진실이었다.

그동안 흑마법사들을 베고 몬스터들을 수없이 베어 내면

서 태양검의 검술은 더욱 날카로워졌다.

　그 덕분에 마스터라는 지고한 경지까지 코앞에 다가선 상황. 그렇기에 시종일관 밀려나는 듀칼이었으나, 끝끝내 태양검의 공세를 견뎌 냈다.

　그러자 어느새 다가온 대공가의 기사들이 함께 태양검의 검을 받아 냈다. 비록 실력은 부족하지만 숫자는 많으니 그것을 활용하는 것이다.

　"명예도 없나?"

　"명예 따위가 사는 것에 비할까."

　그렇게 대꾸한 대공이 자세를 잡고 기사들과 함께 진형을 구축했다.

　그러자 태양검이 인상을 찡그리며 물러났다.

　어느새 다수가 몰려들어 성기사들을 압박하는 통에 조금씩이지만 사상자가 발생하고 있었기 때문이다.

　"물러나서 정비한 후 공격을 재개한다."

　"예!"

　태양검의 명령에 일제히 요새를 빠져나가는 성기사들.

　그들이 재정비하는 데는 그리 오랜 시간이 필요하지 않았다. 공격은 곧바로 그날 저녁 재개되었고, 또다시 격렬한 전투가 벌어졌다.

　하지만 누적되는 피해는 제국군과 아이론의 군대가 압도적으로 높았다.

성기사들은 신성력으로 자체적으로 회복할 수 있었고, 어느 정도 회복한 후 다시 전투를 치를 수 있는 그들과 달리 방어하는 쪽은 부상을 입는 즉시 전력 이탈이었다.

전투가 반복될수록 점차 불리해져 가는 상황.

결국 몇 번의 전투 만에 위기 상황이 오고 말았다.

"시간이라도 벌어야 한다. 모두 목숨을 버릴 각오를 하고 싸우도록."

대공의 명령에 대공가의 모든 기사들이 고개를 숙였다.

그러자 같이 싸우는 아이론의 병력이 그 모습을 진지하게 바라보았다.

타국을 지키는 것임에도 목숨을 거는 대공가와 제국군에게 모두가 존경 어린 눈빛을 보내며 자신들 역시 물러서지 않으리라 다시금 다짐했다.

"이번에 뚫는다."

"예!"

태양검이 이번에 결판을 내겠다는 듯, 처음부터 전력을 드러냈다.

새하얀 빛이 형태를 이루며 거대한 검이 만들어졌다.

그것을 본 순간 대공의 표정이 어두워졌다.

불완전하기는 하지만 오러로 만들어진 거대한 검을 막아내기 어렵다고 판단했기 때문이다.

"내상만 없었어도 좀 더 버텨 볼 수 있었을 것을……."

태양검과의 연이은 격전으로 쌓인 내상으로 인해 일격조차 제대로 막아 낼 수 없을 것 같았다.

전력을 다한 태양검의 공격과 함께 성국의 별동대가 일제히 공격을 시작했다.

단숨에 대공을 베어 내기 위해 떨어지는 검.

대공은 죽을 것을 알면서도 그것을 잠깐이나마 막아 내기 위해 검을 휘두르려는 그때, 멀리서 검이 날아들었다.

쿠웅!

강력한 마력이 담긴 검에 밀려난 태양검이 미간을 찌푸렸다. 날아온 검의 위력이 생각보다 강했기 때문이다.

"대공가의 기사단! 폐하의 명을 받고 지원하러 왔습니다!"

멀리서 들려오는 익숙한 음성.

오랜 시간 떨어져 있던 대공의 아들이 안장에 달린 검집에서 새로운 검을 뽑아 들었다. 동시에 순식간에 요새로 달려와 대공을 공격하려는 태양검의 앞으로 막아섰다.

쾅! 쾅! 쾅!

"6……단계?"

태양검이 어이가 없다는 표정으로 대공가의 소가주인 글렌을 바라보았다. 아직 젖살도 다 빠지지 않아 보이는 어린 청년이 대공과 비슷한 힘을 발휘하고 있었다.

일순간 공간이 일렁이면서 태양검의 대부분의 힘을 받아 내는 글렌.

한계까지 압축된 마력을 폭발시켜 위력을 극대화한 대공가의 검술은 대공의 비기보다 더 강해 보였다.

"어찌 그 나이에……."

충격 받은 표정으로 글렌을 바라보는 태양검.

하지만 글렌은 입술을 꽉 다문 채 자세를 바로 했다.

"여긴 제가 맡겠습니다. 아버진 다른 곳을 도와주시죠."

"그리하마."

"건방진……."

아들을 믿고 다른 곳을 지원하러 떠나는 대공을 보고 자존심이 상한 태양검이 전력으로 검을 휘둘렀다.

하지만 대공과 다르게 글렌은 침착하게 공격을 받아 냈다.

아켈리오에게 개인적인 지도를 받기도 했고, 많은 실전 경험으로 엄청난 성장을 이뤄 냈기에 가능한 일이었다.

"괴물 같은 놈!"

자신과 싸우면서도 성장하고 있는 괴물을 보면서 태양검이 한계까지 힘을 쥐어짰다.

'여기서 죽여야 한다. 여기서!'

어쩌면 시카리오 후작보다도 더한 존재가 될 가능성이 높은 괴물을 여기서 죽여야만 했다.

아직 완전히 꽃을 피우지 못했을 때 꺾어야만 했다.

하지만 눈앞의 괴물은 그런 태양검의 바람과 다르게 점차 능숙하게 공격을 받아 냈다.

그리고 몇 시간 뒤……

마지막까지 요새를 뚫어 보려던 태양검은 결국 포기할 수밖에 없었다. 대공가의 정예 기사단에 의해 성기사들이 하나둘 죽어 나갔기 때문이다.

희망이 없는 일에 성국의 정예들을 전부 소모시킬 수는 없는 법. 결국 뚫는 걸 포기하고 후퇴하자, 이 소식이 곧바로 제국과 아이론 정부에 들어갔다.

이 소식이 전해진 바로 그 순간, 제이론의 믿을 수 없는 발표가 이어졌다.

-아이론은 제국의 그늘에 들어가기를 희망한다!

제이론의 발표에 아이론은 물론 서대륙 전체가 뜨겁게 달아올랐다.

가장 먼저 로테온이 발끈했다.

반제국파를 이용해서 제이론이 제국과의 뒷거래가 있다는 것처럼 몰아갔다.

그러자 반제국파에서 나왔던 이들이 흔들리기 시작했다.

기존에 있던 친제국파의 사람들 역시 제이론의 이러한 결정에 불만을 가졌다.

아무리 반제국파가 싫다고 하더라도 나라를 팔아먹으려는 것은 또 다른 문제였기 때문이다.

상황이 이렇자 성국과 로테온이 곧바로 반응했다.

-성국은 제국의 횡포에 저항한다! 교황의 소신 발언!
-로테온은 아이론의 자유를 보장하기 위해 끝까지 싸울 것이다!

두 국가가 이번 일을 계기로 아이론의 마음을 잡아 보겠다고 여론전을 펼쳤다.

탈로스 같은 경우 서대륙 전체에서 여론이 안 좋았기에 전략적으로 이번 여론전에서는 빠졌다.

그러다 보니 상황은 제국에게 점점 안 좋게 흘러갔다.

이대로라면 제국과 제이론은 악의 축이 될 가능성이 높았다.

그러나 이런 상황 속에서도 제국은 침착하게 대응했다.

-아이론의 다수가 합의하지 않는 이상 받아들이지 않겠다!

곧바로 제이론의 요청을 받아들이고 적극 개입할 것이라는 예상과 달리 제국은 신중하게 행동했다.

제국의 공식적인 발표 이후, 곧바로 황제가 나섰다.

"아이론 내부의 일에 개입하지 않겠다. 대화를 통해 평화로운 의사 결정을 내리기 바란다."

제국의 황제가 직접 아이론 내부의 일은 절대 개입하지 않겠다는 발표를 내리자 아이론 내부의 의견이 바뀌기 시작했다. 아이론에 개입하지 않겠다는 제국의 의지는 단순히 말만 하는 게 아니었다. 실제로 군대 역시 아이론의 수도에서는 전부 빠져서 국경 근처로 물러났다.

그러자 아이론의 내부 여론이 순식간에 뒤바뀌었다.

제국이 물러났음에도 로테온은 미적거리면서 그 자리에서 뭉개고 있었기 때문이다. 여차하면 수도를 점령할 기세로 조금씩 전진하기까지 했다.

사실 로테온이 이런 결정을 내릴 수밖에 없었던 것이, 이미 아이론 내부에서 반제국파가 거의 붕괴되어 가고 있었기 때문이다.

"저희도 물려야 하는 것 아닙니까?"

"……장기전으로 가면 패배한다. 결단을 내려야 해."

부관의 말에 피레스 공작이 인상을 찡그리며 말했다.

이미 제국의 정보부가 로테온의 정보부를 앞지르기 시작했고, 아이론 내부 사정 역시 제국에 기울고 있었다.

그런 상황에서 제국과 똑같이 행동해 봤자 좋을 것이 없었다. 이젠 좋든 싫든 결판을 봐야 할 시점이 다가온 것이다.

"하지만 로테온 내부는 좀 더 시간을 두고 상황을 보자고 합니다."

"후……."

이미 로테온에서는 군을 물리고 상황을 지켜보자고 의견

을 전해 왔다.

하지만 꼭 따를 필요는 없었다.

전장에선 총사령관의 명령이 최우선이었기 때문이다.

"여기서 결판을 내지 못하면 의미가 없어."

이미 피레스 공작의 의견은 확고했다. 성국 역시 그와 같은 생각인지, 어떻게든 제국 북부군을 뚫고 별동대라도 아이론 내부에 진입시키기 위해 노력 중이었다.

남은 건 탈로스뿐이었다.

서대륙 전체에서 배신자로 찍혔기에 힘든 상황인 건 알지만, 그럼에도 불구하고 빠르게 결단을 내려 주길 희망했다.

'3국이 같이 움직이지 않으면 승산은 없다.'

이미 아이론의 주력군은 다시 회복한 상태고, 거기다 제국의 대부분의 정예군이 아이론 근방에 몰려 있는 상황이다.

그렇기에 반드시 탈로스의 군대가 필요했다.

"클레타 공작⋯⋯."

⁂

클레타 공작으로부터 연락이 오기만을 간절히 기다리고 있는 피레스 공작.

그러나 피레스 공작의 바람과 달리 클레타 공작은 쉽사리 결정을 하지 못하고 있는 상태였다.

"국왕 전하께서 군대를 빼길 원합니다."

"지금 여기서 빼면 왕국에 미래가 있을 것 같소?"

"하지만 지금 군을 빼지 않으면 왕국 자체가 위험합니다."

탈로스에서 온 내무대신의 말에 클레타 공작이 한숨을 쉬었다.

"알탄 후작도 같은 의견이오?"

클레타 공작의 물음에 내무대신이 고개를 저었다.

"그 역시 이번에 결판을 내길 원합니다. 하지만······ 사정이 좋지 않습니다. 알탄 후작이 보기에 회군하지 않으면 보름 안에 중앙 지역도 위험하다 보고 있습니다. 결판을 내려면 그 안에 해야 합니다."

내무대신의 말에 클레타 공작의 눈이 동그랗게 떠졌다.

"보름? 그게 말이 된다 생각하시오?"

제국의 주력군과 아이론의 정규군을 상대로 보름 안에 어떻게 전쟁을 끝낸단 말인가?

말도 안 되는 소리를 하는 내무대신을 보면서 클레타 공작이 표정을 찡그렸다.

"그만큼 상황이 심각합니다."

"대체 어느 정도길래 그러는 것이오?"

클레타 공작이 이해가 안 간다는 표정으로 고개를 갸웃거렸다.

"아이사 군도의 해적들이 탈로스에 대대적인 공습을 해 왔습니다."

"아군이라면 해적들은 충분히 막을 수 있을 터……."

"그사이 남부 해적들이 약탈을 시작했습니다."

"허……."

내무대신이 한숨을 쉬면서 말하자 클레타 공작이 어이가 없다는 표정을 지었다.

"그뿐만이 아닙니다. 마적 떼가 국경선 근처에서 활동을 시작했습니다. 동시에 산적들도 들끓고 있습니다."

"아예 서대륙에 있는 범죄자들이 죄다 자국에 몰려들고 있다 하시오?"

"맞습니다."

"……."

빈정거리듯 말했으나 내무대신은 심각한 표정으로 답했다.

"물론 그중에는 제국 소속의 특수부대도 있을 것입니다. 문제는 그들로 인해 자국 내부가 어수선하다는 겁니다."

"대체 그깟 범죄 집단에 이렇게 휘둘리는 이유가……."

"그깟 범죄 집단이 아닙니다."

그렇게 말하며 내무대신은 제국의 군부대가 투입된 증거를 보여 주었다.

"이들이 어째서……."

클레타 공작은 혼란스러운 표정을 지었다.

제국에서 유일하게 특수부대를 보낼 여력이 있는 남부군은 아이론 근방에 있는 것으로 알고 있는데, 어째서 이들이 탈로스 내부에서 활동하는지 모르겠다는 표정을 지었다.

"제국의 국경선에는 최소한의 병력만 남아 있을 겁니다. 그것도 보여 주기식으로 남아 있는 거겠지요."

"설마 남은 병력을 전부 탈로스에 투입했다는 것이오?"

"알탄 후작은 그렇게 보고 있습니다."

내무대신의 말에 그제야 상황이 어떻게 돌아가는지 알 수 있었다.

1. 해적들로 인해 탈로스에 남은 병력 대다수가 남부로 빠졌다.(해적왕과 황제의 뒷거래가 있을 걸로 추정)

2. 그로 인해 비어 버린 국경선에 남부 사령관의 명으로 마적 떼로 위장한 남부군이 들이닥침.

3. 국경선이 혼란해지자 탈로스 군이 황급히 남은 병력을 마적 떼를 막기 위해 투입.

4. 그로 인해 곳곳에 치안이 불안해지자 온갖 범죄자들이 들끓기 시작함.

남부 해적과 산적, 범죄 집단들이 탈로스로 모여드는 걸 보면 그만큼 탈로스의 현재 상황이 개판이라는 걸 뜻했다.

"총체적 난국이군."

클레타 공작의 말에 내무대신이 쓴웃음을 지으면서 말했다.

"그뿐만이 아닙니다."

"또 있단 말이오?"

"공국이 움직였습니다."

"그들은 지금 로만을 막기에도 버거울 터……."

클레타 공작이 말을 하다가 멈췄다.

현재의 공국은 사실상 제국의 속국이나 다름없는 상황.

"동부군 일부와 함께 우리 국경선을 치겠군."

"그렇습니다. 로만의 군대 일부가 빠지면서 여유가 생기면서 병력 일부를 탈로스의 분쟁 지역으로 투입하고 있습니다."

내무대신의 설명에 그제야 공작은 어째서 회군을 강력하게 요청하는지 알 수 있었다. 정말로 보름 안에 전쟁이 끝난다는 확신이 없다면 회군을 해야 했다.

"……알겠네."

"송구합니다."

클레타 공작의 결정에 내무대신이 고개를 숙였다.

그 역시 알탄 후작의 설명을 들으면서 지금이 얼마나 중요한 시기인지 알 수 있었다.

제국군이 뒤로 빠진 지금, 아이론의 수도를 점령하고 제국과 협상을 벌이든지, 아이론 전체를 장악하고 제국과의 대전쟁에 돌입해야 했다.

3국의 정예군과 싸우는 건 제국이라도 부담스러울 터.

흑마법사들부터, 내전까지 연이은 전쟁으로 힘든 지금만이 제국의 힘을 약화시킬 절호의 기회였다.

"애초에 기회를 안 주겠다는 거군."

제국이 시간을 끌면 탈로스가 무너진다. 그럼 로테온도 무너질 것이다.

조금이라도 더 버티려면 여기서 회군하는 게 맞았다.

물론 지금 회군한다 해도 결국 탈로스의 미래는 어두울 수밖에 없었다.

'기껏해야 10년일 테지. 어쩌면 그 이전에⋯⋯.'

그런 미래가 보임에도 불구하고 당장의 생존을 위해 회군할 수밖에 없었다.

자신들의 빈틈을 노리고 들어온 제국의 남부 사령관도 무서웠지만 가장 무서운 건 황제였다.

아이론에 자신들을 붙잡아 두는 사이 해적왕과 범죄 집단을 움직여 탈로스를 삼켜 버릴 계획까지 꾸민 황제의 계략에 치가 떨렸다.

만약 클레타 공작이 욕심을 부리며 회군하지 않고 아이론을 친다면?

"황제는 군 일부를 회군시켜 탈로스를 먹을 생각까지 갖고 있을 테지."

이미 판은 깔아 둔 상태.

본진을 주고 아이론을 먹을 것이냐, 아이론을 포기하고 본진을 지킬 것이냐의 양자택일이었다.

어쩌면 아이론을 먹으면서 제국으로 하여금 서부에 집중할 수 있게 강제할 수도 있을 것이다. 하지만 그럴 확률이 너무 낮았다.

"이 서신을 로테온에 보내 주게."

"예."

결국 클레타 공작의 선택은 도박보다 안정이었다.

국왕을 비롯한 대신들의 선택 역시 안정을 선택했고, 그렇다면 공작 역시 그에 따를 수밖에 없는 것이다.

━━━ ❈ ━━━

클레타 공작의 서신은 곧장 로테온의 군대로 향했다. 서신을 받아 든 피레스 공작은 얼굴을 구겼다.

"후…… 망했군."

회군을 결정한 클레타 공작.

분명 원망스러울 만도 하건만, 클레타 공작은 자국의 치부를 전부 피레스 공작에게 전해 주었다.

자신이었어도 이런 상황이라면 회군을 결정했을 가능성이 높았다.

"……돌아간다."

"예."

탈로스가 빠진 시점에서 더 이상 아이론에 남아 있는 건 이득이 되지 않았다.

무엇보다 로테온 역시 남부 해적들이 기승을 부리기 시작하면서 피해가 누적되고 있는 상황이었다.

게다가 제국의 그림자들이 로테온을 휘저으면서 막대한 자금이 소모되고 있었다.

결국 로테온 역시 회군을 결정하자, 그 소식을 전해 들은 성국 역시 제국과의 국경선에서 물러나기 시작했다.

"결국 이리되는가?"

교황이 한숨을 쉬었다.

"송구합니다."

태양검이 죽을죄를 지었다는 듯, 고개를 숙였다.

하지만 들어 보면 어쩔 수 없는 상황이었다.

6단계에 이른 대공이 자존심을 버리고 협공까지 하며 시간을 끄는 상황이었으니 마스터에 이르지 못한 태양검이 빠르게 그를 죽이고 돌파하는 건 불가능했다.

문제는 그다음이다.

"제국의 새로운 마스터……."

교황을 비롯한 마스터에 오른 이들이라면 알았다.

소위 '천재'라 불리는 이들이 얼마나 강력한지.

역사상 세기의 천재라 불리는 이들은 마스터들조차 자괴

감을 느끼게 할 정도로 강력했다.

서대륙 최강이라 불리는 시카리오 후작이 그러했으니……

성국이 차디찬 북부에서 조금도 영토를 넓히지 못하는 것도 다 괴물 같은 시카리오 후작 때문이었다.

하지만 교황이 보기엔 대공가의 소가주가 시카리오 후작보다 더한 괴물이었다.

"미래가 어둡군."

만약 태양검이 대공가의 괴물을 죽였다면 비록 전쟁에서 패했을지언정 큰 성과를 얻고 돌아가는 것일 터였다.

하지만 도리어 그에게 경험을 더해 주고 말았다.

6단계에 이른 검사에게 생사를 건 전투는 다음 단계로 향하는 단초를 제공하기도 한다.

어쩌면 이른 시간에 새로운 마스터가 탄생할지도 모를 일.

거기에 아이론과 공국을 집어삼킨 제국이라면?

"서대륙 통일이라……. 쉽게 이루도록 둘 순 없겠지."

그렇게 중얼거린 교황이 태양검을 바라보았다. 미래가 어두웠지만 발악은 해야 했다.

성국을 비롯해 3국이 새로운 마스터를 탄생시킨다면 제국이라도 쉽게 통일을 마음먹지 못하게끔 발악은 해 볼 수 있을 터였다.

"앞으로 태양검의 역할이 더 중요해질 것 같습니다."

"반드시…… 벽을 뚫겠습니다."

이를 악물면서 말하는 태양검을 보며 작게 고개를 끄덕인 교황은 새하얀 마차에 올랐다.

앞으로 있을 거대한 위협 속에 살아남기 위해 성국은 단단히 문을 걸어 잠가야 했다.

그리고 그건 로테온과 탈로스 역시 마찬가지였다.

아이론과의 전쟁에서 패한 이상, 서대륙에 남은 3국은 살아남기 위해 발버둥 칠 준비를 해야 했다.

이그니트 연방!

제국을 견제하기 위한 연합이 무너졌다.

대규모 전쟁이 일어날 것이라는 예상과는 다르게 무난하게 넘어가 버렸다.

제국의 압도적인 능력으로 스스로 물러나게끔 유도한 것이다.

범죄 집단에 휘둘려 회군할 수밖에 없었다는 굴욕적인 결과에 탈로스는 최대한 언론을 통제하려 했다.

하지만 그게 통제한다고 될 리가 없었다.

제국이 대놓고 탈로스의 상황을 비웃는 기사들을 쏟아 냈기 때문이다.

-치안이 엉망인 탈로스. 완벽한 치안은 과거에 불과하다?

-한때 서대륙 최고의 관광지를 갖고 있던 탈로스. 현재는 그저 범죄자가 넘쳐 나는 국가?

-남 신경 쓸 시간에 자국부터!

대놓고 까는 기사들이 나오기 시작하자 탈로스에서도 나름 반박을 하긴 했다.

-범죄 집단들의 배후에 제국이 있다는 정황이 발견되었다!

이런 기사를 내놓기는 했지만, 의미가 없었다.

증거를 내놓지 않는 한 그저 지금을 넘기려는 변명에 불과했기 때문이다.

그렇기 때문인지 탈로스도 적극적으로 반박하지는 않았다.

탈로스가 최악의 시간을 보내고 있을 때, 바로 옆 국가인 로테온 역시 온갖 비난이 쏟아졌다.

아이론에 개입해 놓고 아무것도 이룬 것이 없었기 때문이다.

막대한 자금을 퍼부어 놓고 어떠한 이득도 없이 돌아왔기 때문인지 견고했던 로테온의 왕권이 흔들리기 시작했다.

"전하, 탈로스를 버리십쇼."

"분열되는 순간 제국에 먹힘을 모르는가?"

"하나 이대로는…… 귀족들을 제어하기 힘드옵니다. 차라리 국력을 모아 후에 있을 전쟁을 대비하시지요."

신하의 조언에도 로테온 국왕은 아무 말을 하지 않았다.

탈로스를 버리면 당장의 안정은 확보되겠지만 미래가 없어진다.

어쩌면 제국이 아이론을 집어삼키는 순간, 곧바로 탈로스로 눈길을 돌릴 수도 있을 것이다.

그렇기에 감싸 줘야 했지만, 여론이 너무 안 좋았다.

"상황이 너무 안 좋습니다."

귀족들만 반발하는 것이 아니었다.

이미 로테온 내부에 침입한 제국의 그림자들 때문에 견고한 신분제에 균열이 가기 시작했다.

아이론에서 그러했던 것처럼 로테온에도 혁명 세력이라는 불안한 불씨가 심긴 것이다.

"일단…… 지켜보지. 한동안은 내부를 수습하는 데만 주력하겠네."

"하오나……."

국왕의 말에 신하가 뭐라 말하려다 입을 닫았다.

이대로 제국을 내버려 두었다가는 미래가 없었다. 하지만 로테온도 더는 여력이 없었다.

'국운이 얼마 안 남았구나.'

그렇게 생각한 젊은 신하가 한숨을 쉬었다.

아이론에서는 운이 너무 없었다.

제국이 지금에 만족할 것이 아니라면 첫 번째 타깃은 탈로스가 될 터.

그때를 대비해 국력을 모으고, 탈로스를 전쟁터 삼아 제국과 전쟁을 벌이면 로테온이 살아남을 가능성이 있었다.

위에서 성국이 압박을 가하고, 로테온이 탈로스를 도우며 전장을 장기전으로 끌고가는 것.

하지만 로테온 국왕은 그런 리스크를 짊어지는 것보다 당장의 동맹을 안고 가며 안정을 꾀하고자 했다.

크게 보면 맞는 말이지만, 자국 내에 있는 혁명 세력들이 문제다.

강력한 왕권이 아닌, 지금처럼 흔들리는 상황이 지속되면 반드시 문제가 될 것이다.

이런 상황은 성국 역시 마찬가지였다.

스스로 마도사급에 이른 강자이자 오랫동안 성국을 키워온지라 별문제가 없었다.

하지만 교황은 너무 오랫동안 자리를 지켰다.

성국의 관례상 물러날 때가 되면 스스로 차기 교황을 위한 준비를 하고 원로원으로 물러났으나 현 교황은 권력욕 때문에 계속 그 자리를 지켰다.

지금까지야 흠잡을 게 없었기에 별문제가 없었으나, 최근 들어 연이은 실패를 하면서 추기경들 사이에서 불만이 나오기 시작했다.

"최근 들어 성국의 힘이 너무 줄었소."

"후…… 확실히 위기긴 하지요."

추기경들이 그렇게 말하면서 서로 눈치를 보았다.

대놓고 교황이 잘못했다고 말은 못 하지만, 은근히 현재의 성국이 나쁘다는 것을 강조하는 모습들.

멀리서 그걸 보던 한 성기사는 이를 악물었다.

그동안 제국이 너무 썩어 있어서 가려져 있었지만, 성국 역시 많은 부분이 썩어 있었다.

제국에서 벌어들이는 막대한 돈은 고위 사제들로 하여금 그들의 신실함을 저버리게 만들기 충분했다.

많은 이들이 비자금을 만들고 세력을 만들었다.

그것이 겉으로 드러나지 않고 신을 모시는 사제들이라는 이름 아래 이쁘게 포장되어 있을 뿐, 안은 썩어 문드러진 지 오래였다.

그걸 터지지 않게 봉합해서 끌고 온 게 현 교황이었다.

그런데 그걸 아는 추기경급과 주교들이 가장 먼저 교황을 비난하는 것이다.

"……그들의 말이 맞을지도……."

믿음이 굳건하기로 유명한 성기사였음에도 불구하고 썩어버린 고위 사제들을 볼 때면 그 믿음이 흔들렸다.

성국 안에 있는 혁명 세력.

신을 모시는 자들답게 일반적인 혁명 세력과는 달랐다.

현재의 주교들이 신의 말을 잘못 해석하고 있다고 주장하
는 이들.

분명 일반적인 혁명 세력과는 달랐지만, 한 가지 닮은 점
이 있다면 현재의 체제에 불만을 갖고 있다는 점이다.

견고하다 생각했던 성국마저 불안의 씨앗이 심기는 동안,
제국은 변혁을 일으킬 준비를 시작했다.

***

귀족들도, 마탑도, 무너뜨린 카리엘에게 남은 건 발전뿐이
었다.

강력한 황권을 이룩했다면 쉴 만했지만, 카리엘은 멈추지
않았다.

오히려 대신들을 더욱 채찍질하면서 발전 속도를 가속화
했다.

마치 시간에 쫓기기라도 하는 것처럼 개혁을 이뤄 나가자,
귀족들을 비롯한 기득권층은 그 개혁에 쫓아가기 바빴다.

불만을 갖기도 애매한 것이 카리엘의 개혁에 반발할 경우
중심에서 밀려날 것이 분명했고, 무엇보다 카리엘의 개혁안
을 잘 따라가다 보면 이득을 얻을 수 있었다.

물론 그렇다고 아무나 따라갈 수 있는 건 아니었다.

철저하게 능력을 우선하는 카리엘의 성정에 따라 중앙에 붙어 있으려면 자신들의 능력을 증명해야만 했다.

"제국이 부러운 적은 처음이군."

"그러게. 그래도 이제 우리에게도 기회가 오지 않겠나?"

"그러길 바라야지."

아이론의 상인들이 시시각각 변화하는 제국을 보면서 부럽다는 표정을 지었다.

서대륙의 진정한 중심인 이그니트의 수도와 거래를 트기 위해 모인 상인들.

그런데 모인 이들은 상인들뿐만이 아니었다.

내전을 종식시켜 준 황제를 보기 위해 아이론의 많은 사람들이 먼 길을 마다하지 않고 제국의 수도에 왔다.

그에 질세라 공국의 귀족들 역시 다수가 제국의 수도로 몰려들었다.

반면에 남부 왕국들과 성국에서는 사절단조차 보내지 않았다.

내부를 단속하기도 바빴기 때문이다.

이를 보고 동대륙에선 이렇게 말했다.

-그들만의 축제!

친제국파로 이루어진 자들만으로 이루어진 제국의 축제.

이미 한참이나 지난 황제의 생일.

그럼에도 불구하고 탄신일이라며 갑자기 황제의 생일을 챙기려는 이유는 간단했다.

즉위한 후 첫 번째 생일을 그대로 넘어갈 수는 없기에.

두 번째로는 미뤄 두었던 '발표'를 하기 위함이었다.

그렇기에 조촐하게 생일 파티를 하려고 계획했던 것을 미루고 지금에서야 황제의 탄신일이라는 명목하에 축제를 여는 것이다.

남부 왕국들과 성국이 참여하지 않았음에도 대륙 회의 때보다 더 많은 인파가 몰려들었다.

수많은 사람들이 황제의 얼굴을 한 번이라도 보기 위해서 광장 주변에 숙소를 잡거나 그곳에서 진을 치고 있기도 했다.

그런 그들에게 비싼 값에 음식을 팔거나 물건을 파는 상인들.

공식적으로는 황제의 탄신일을 기념하는 것이기에, 카리엘의 생일 때부터 지금까지 계속 명목상의 '축제'는 이어지고 있었다.

그렇기에 수많은 사람들이 축제 분위기를 즐기고 있었다.

하지만 이런 수도의 분위기와 달리 황궁은 바빴다.

대신들을 비롯한 관료들이 매일같이 앓는 소리를 낼 정도로 바빴다.

"폐하, 아이론 연맹주와 루미너스 공왕이 뵙기를 청합니다."

시종장의 말에 카리엘이 작게 고개를 끄덕였다.

얼마 후, 두 사람이 집무실로 들어왔다.

"폐하를 뵙습니다."

"폐하를 뵙습니다."

한때 강국이라 불렸던 두 지도자가 카리엘을 향해 고개를 숙이자 그런 그들에게 웃으면서 앉으라고 했다.

"바쁜 사람들을 불러서 미안하오."

"아니옵니다."

카리엘의 말에 두 지도자가 고개를 저으며 대답했다.

"한창 바쁜 두 사람을 이리 일찍 부른 건 할 말이 있기 때문이오."

공왕과 아이론의 연맹주는 한창 바쁠 시기이긴 했다.

일정에 맞춰 왔다면 며칠 뒤에 도착해야 했을 그들을 이렇게 일찍 부른 이유는 한 가지를 묻기 위함이었다.

"마지막으로 묻겠소. 둘 다 후회하지 않겠소?"

카리엘의 물음에 두 지도자가 고개를 들어 카리엘을 똑바로 바라보았다.

"예."

단호하게 대답하는 제이론 폴.

그러자 공왕도 뒤이어 답했다.

"어차피 통일할 거라면 조금이라도 일찍 제국의 품에 안기는 것이 나을 테지요. 저 역시 후회는 없습니다."

공왕의 말에 제이론 폴이 피식 웃었다.

그의 말이 맞았다.

지금의 제국이라면 서대륙을 통일하는 것도 가능할 터.

그렇다면 조금이라도 일찍 제국의 품에 안겨 이득을 보는 편이 나았다.

둘의 진심을 마지막으로 확인한 카리엘이 작게 고개를 끄덕이며, 기관을 작동시켰다.

쿠구궁!

"이건……."

기관이 작동되자 서재 일부가 열리면서 지도가 걸려 있는 벽이 나왔다.

서대륙이 그려진 지도에 표시된 거대한 나라.

그 중심에 이그니트 연방이 적혀 있었다.

중심엔 이그니트.

서쪽엔 아이론 연합.

동쪽엔 루미너스 공국.

남쪽엔 트리아 자유 연합.

이 네 개가 합쳐져서 하나의 연방을 이루는 것이 이그니트 연방이었다.

제국이 점령한 소국들은 하나하나의 규모는 작을지언정

모아 놓으면 로테온의 절반이 넘는 크기를 자랑한다.

거기다가 각각의 개성들도 넘쳐서 지금도 제국에 반발하는 세력이 있었다.

강제로 점령할 수도 있지만, 카리엘은 그냥 그들을 한데 묶어서 한때 자유를 갈망하는 자들이 모아 만들었던 자치구의 이름인 트리아를 붙여서 연합국을 만들어 버렸다.

"비록 이그니트라는 이름에 묶여 있으나 자치권은 보장할 생각이오."

약속했던 자치권.

그것을 보장한다는 말에 공왕은 말없이 고개를 숙였다.

"폐하의 은혜에 감사드립니다."

반면에 제이론은 묘한 표정을 지었다.

"저희는 제국이 완전 흡수해도 될 것 같습니다만……."

제이론의 말에 카리엘이 피식 웃었다.

그의 말처럼 아이론 내부에선 이미 제국에 완전 흡수되는 것조차 환영하는 이들이 대다수였다.

그럼에도 불구하고 아이론에게 자치권을 부여한 데에는 다 이유가 있었다.

아이론을 온전히 먹어서 새로이 땅을 배분하거나, 관리할 자들을 뽑는 건 몹시 귀찮은 일이다.

그 때문에 점령한 아이론과 남쪽의 소국들을 기존처럼 별개의 지역으로 분류하여 아이론 연합과 트리아 자유 연합으로 만든 것이다.

"후에 정말로 제국에 완전히 흡수되길 원한다면 그리하겠소."

카리엘의 말에 제이론이 쓴웃음을 지었다.

아직 자신들이 카리엘에게 신뢰받지 못함을 느낀 것이다. 그런 기색을 느낀 카리엘이 단호하게 말했다.

"오해 마시오. 그대를 신뢰하지 못해서가 아니오."

그렇게 말한 카리엘이 한숨을 쉬었다.

"지금의 난 기존의 제국을 관리하는 것만으로 벅차오."

"천천히 하시면 되옵니다. 아이론은 기다릴 수 있습니다."

"시간이 없소."

제이론의 말에 카리엘이 미간을 찌푸리며 말했다.

"더 큰 위협이 오고 있소. 재앙이라 불릴 그 위협이 서대륙에 당도하기 전에 제국은 더 강해져야 하오."

"위협이라니······."

"그게 무슨 말씀이시옵니까?"

카리엘의 말에 제이론과 공왕이 당혹스러운 표정을 지었다.

그런 그들에게 쓴웃음을 지으며 기관을 작동시켰다.

그러자 벽에 붙은 수많은 자료들이 두 사람에게 보였다.

비밀 수호대가 대륙 각 지역을 돌면서 박박 긁어모은 자료들은 앞으로 있을 재앙에 대해 경고하고 있었다.

"멸망을 대비하기 위해 난 서대륙을 통일할 생각이오. 도와주시겠소?"

카리엘의 물음에 두 남자가 멍한 표정으로 고개를 끄덕였다.

그러자 테이블의 중심부가 열리면서 종이 한 장이 턱 하니 올라왔다.

-이그니트 연방 비밀 협정서.

공식적인 문서는 탄신일의 일정에 맞춰서 사인할 테지만, 지금 사인하는 건 비밀 협정서였다.

1. 지옥의 문제는 연방의 모든 이들이 함께 힘을 모아 처리해야 한다.
2. 대륙적 재앙이 해결되지 않는 한 독립 및 개별 행동은 할 수 없다.
3. 재앙에 관련된 사안일 경우 황제의 명령은 절대적인 힘을 갖는다. 따라서 연방에 소속된 이들은 명령에 따라야 할 의무를 가진다.

이 세 가지 내용을 중심으로 작성된, 미래의 재앙에 대비하기 위한 비밀 협정서.

자치권을 주는 대신 미래의 재앙에 대해선 무조건적인 협조를 얻기 위한 이 협정서에 아이론 연맹주와 공왕은 군말 없이 사인했다.

그러자 기다렸다는 듯 시종장이 들어와서 지옥을 비롯해 그에 준하는 재앙들의 기준이 상세하게 적힌 협정서를 가져 갔다.

"이 협정서는 비밀 수호대가 보관하겠습니다."

시종장의 말에 카리엘이 작게 고개를 끄덕였다.

그러자 공왕과 제이론 폴과 공왕이 놀란 표정을 지었다.

"비밀 수호대!"

"허……."

제국의 유명한 비밀 수호대를 직접 본 것에 놀란 표정을 짓는 이들에게 빙그레 웃으며 차를 대접한 카리엘은 앞으로의 계획에 대해 간략하게 설명했다.

이그니트 연방이 되면서 카리엘의 계획은 좀 더 구체화되고 거대해졌다.

단순히 서부와 동부를 연결하는 작업 이상으로 단단한 계획을 세웠다.

공국과 세일럼 항구를 중심으로 한 대규모 공업단지.

아일론과 기존의 서부 항구를 중심으로 한 무역과 금융도시.

그리고 모든 개혁의 중심인 제국의 수도.

이 세 개를 연결해서 시너지를 만들 생각이다.

동부를 대규모 공업단지로 만들어서 만약의 사태가 발생하면 바로바로 무기를 공급할 수 있도록 할 것이며, 아이론의 경우 지금보다 규모를 훨씬 키워서 신대륙과의 교역량을 늘려 버릴 생각이었다.

그것을 위해서 금융과 무역에 집중할 수 있도록 만들어 줄 계획을 만들었다.

"알다시피 시간이 없소. 난 지금보다 제국을 몇 배 이상 키울 생각이오. 사실 이렇게 키워도 승산은…… 낮을 것이라 보고 있소."

"……그렇게 강한 것입니까?"

공왕의 물음에 카리엘이 무겁게 고개를 끄덕였다.

끝도 없이 몰려오던 지옥의 존재들.

그로 인해 결국 무너질 수밖에 없었던 제국을 보면 지금의 발전 속도도 더딘 것이었다.

"명심하시오. 우리의 목표는 성국이나 남부 왕국 따위가 아닌 재앙을 대비하기 위함이라는 것을……."

카리엘의 말에 두 남자가 무겁게 고개를 끄덕였다.

만족하지 말고 계속해서 발전해야 한다는 것을 강조한 카리엘은 두 사람을 내보낸 후 한숨을 쉬었다.

자신의 눈앞에 보이는 반투명한 창.

지옥과 관련해서 알려 준다는 것은 진짜였다.

지옥문이 만들어지고 있다는 것을 알려 주는 것을 넘어서 지도에서 해당 위치까지 알려 주고 있었기 때문이다.

"로만이라……."

로만의 사막 지역에 숨겨진 고대 신전.

악마들과 계약한 흑마법사들에 의해 발견된 그 고대 신전에서 소환된 마족들이 지옥문을 열 준비를 하고 있었다.

카리엘은 이를 알고 있음에도 현재로선 할 수 있는 게 없었다.

이미 비밀 수호대를 통해서 동대륙 국가들의 고위층에게 이 사실을 알렸고, 로만 내부에도 알렸다.

하지만 둘 다 이를 막지 못하고 있었다.

동대륙의 다른 국가들은 자국의 혼란을 진정시키기도 버거워 보였고, 로만 역시 내부가 불안정했다.

―영악한 놈들이네. 신화시대 로키를 보는 것 같아.

"그놈들만 아니었어도 내가 단명할 일은 없었을 거야."

어느새 나타난 수르트의 말에 카리엘이 한숨을 쉬었다.

비밀 수호대가 조사한 바에 따르면 이미 흑마법사들의 세력이 동대륙 곳곳에 퍼져 나가는 중이라고 했다.

그들과 손잡은 범죄 세력들이 각국에서 활개치고 있었고, 로만 역시 마찬가지였다.

비밀 수호대가 접선한 로만의 귀족 중 하나는 개인적으로 흑마법사들을 파헤치다가 목숨까지 잃었다.

이미 로만 내부의 고위층이 흑마법사 세력과 손잡았다는 증거였다.

"그래도 진실을 알려 났으니 현재 우리가 할 수 있는 건 전부 한 셈이야."

카리엘의 말에 수르트가 고개를 끄덕였다.

로만의 고위층과 흑마법사들이 손잡은 이상 카리엘이 로만에 몰래 잠입해 막을 수도 없는 노릇이다.

서대륙을 평정하지 못한 이상 대규모 군사를 일으켜 그 지역으로 움직일 수도 없었다.

이미 비밀 수호대를 파견해 보았지만, 그 근처에 도착조차 하지 못했다.

로만의 군부가 갑작스럽게 그 지역에 군사들을 촘촘하게 박아 났기 때문이다. 거기다 숨어 있는 흑마법사들과 마족들까지 생각하면 비밀 수호대나 그림자들을 파견한다고 해결할 수 있는 시기는 지났다.

-현시점에서 네가 할 수 있는 건 끝났다.

"알아."

수르트의 말에 카리엘이 한숨을 쉬었다.

웬만하면 지옥문이 열리기 전에 막아 보고 싶었지만 쉽지가 않았다.

"그래도 할 수 있는 건 다 해 봐야지."

혹시 지옥문이 열리기 전에 해결할 수도 있다는 일말의 희망.

그걸 위해서 은연중에 지옥에 관련된 정보들을 조금씩 풀고 있었다.

이미 동대륙 내에선 카리엘이 알고 있는 정보들 상당수를 신문이나 소문을 통해 알리고 있었고, 서대륙에도 작업을 시작했다.

탈로스가 로만과 손잡았다는 것을 이용해서 로만을 흑마법사과 손잡은 악의 축으로 규정하고 그런 로만과 동맹을 맺은 탈로스를 몰아가기 위한 밑작업을 끝내 놓았다.

거기다 비밀리에 혁명 세력을 지원하고 있으니, 제국이 큰힘을 들이지 않아도 내부부터 무너질 가능성이 있었다.

특히 성국 같은 경우 완전히 무너질 가능성이 있었다.

'지옥에 대한 소문과 로만과 손잡았던 정황증거를 잘만 이용하면 성국을 한 방에 무너뜨릴 수도 있겠어.'

그렇게 생각한 카리엘이 성국의 혁명 세력 내부에 그림자를 꽂아 놨다.

때가 온다면 성국을 내부부터 무너뜨릴 준비를 해 놓은 것이다.

－이 정도 했음에도 안 된다면 그건 정말 안 되는 거다.

수르트의 말에 카리엘이 쓴웃음을 지으면서 고개를 끄덕였다.

모든 일이 잘 풀렸다고 가정할 시, 서대륙의 힘을 한데 모으고, 동대륙에 혼란을 야기해 흑마법사들의 힘을 줄일 수 있었다.

덤으로 지옥문이 완성되는 걸 방해할 수도 있으리라.

이렇게 했음에도 불구하고 멸망을 한다면, 그건 정말 어쩔 수 없는 것이다.

－그러니까 이제 가름에게 인정받기 위해 수련이나 해.

"결국 그거냐?"

그렇게 말한 카리엘이 한숨을 쉬었다.

"그런데 정말 이렇게만 해도 강해지는 거 맞아?"

－지금 네 수준은 마스터라도 쉬이 볼 수 없을걸.

수르트의 말에 카리엘이 미간을 찌푸렸다.

자신이 지금껏 해 온 것이라곤 온몸에 화기를 축적하고, 더 많은 화기를 만들기 위해 육체를 단련한 것이 전부였다.

그런데 그것만으로 마스터에 버금간다니 믿을 수가 없는 것이다.

－나중에 타리온에게 확인해 봐. 아니면 마스터에 가까워졌다는 글렌이랑 겨뤄 보든가. 장담하는데 우리를 소환하는 순간 그 꼬맹이 녀석도 널 이기기 쉽지 않을걸.

수르트의 말에 카리엘이 믿기 힘들다는 표정으로 수르트를 바라보다 작게 고개를 끄덕였다.

자신의 강함이야 나중에 확인해도 되었다.

지금은 연방을 세워 서대륙의 주인이 건재하다는 것을 보여 주는 것이 중요했다.

그것을 위해서 평소라면 절대 하지 않았을 오글거리는 행동까지 감수할 생각이었다.

＊

수많은 사람들이 모여 있는 광장.

그곳에 제국에서 가장 화려한 마차가 멈추었다.

마차에서 내린 남자를 호위하기 위해서 제국에서 가장 강한 자들이 호위했다.

수많은 사람들의 호위를 받으면서 광장의 중심부로 향한 제국에서 가장 높은 자가 분수대 앞에 서서 제국민들을 바라보았다.

"오늘은 매우 뜻깊은 날이다. 짐이 황위에 오른 후 처음으로 맞이한 생일 덕분이기도 하지만, 과거 영광스러웠던 제국의 형제들과 다시 손잡은 것이 더욱 기쁘다."

일부러 웃으면서 말한 카리엘은 황실의 문양을 만들어 내면서 양쪽을 바라보았다.

그러자 양쪽에서 대기하고 있던 제이론 폴과 공왕이 조심스레 다가왔다.

　"과거엔 이그니트라는 이름에 묶여 있었지만 짐은 그것을 강제하고 싶지 않다. 제국의 영광이 져 버린 동안 각자의 삶을 살아온 그대들을 존중하고 싶다."

　그렇게 말하는 순간, 마탑이 새로이 만든 거대한 비공선에서 거대한 구체가 서서히 아래로 내려왔다.

　그리고 그 구체에는 하나의 이름만이 적혀 있었다.

　-이그니트 연방.

　"제국을 중심으로 한 연방에 소속되겠지만, 공국과 아이론은 자치권을 갖게 될 것이다. 또한 감히 제국을 상대로 전쟁을 벌였던 소국들에게도 기회를 주고자 한다."

　그렇게 말하는 순간 거대한 구체에 하나의 이름이 나왔다.

　-트리아 자유 연합.

　"각국의 문화를 존중하여 만든 연합체이다. 이 안에서 각기 다른 문화를 보전하며 그대들의 역사를 지킬 수 있을 것이다. 트리아를 다스릴 총독은 현 세일럼의 시장인 마르크스 베버가 맡을 것이다."

카리엘의 말이 끝나는 순간, 거대한 구체 안에서 이그니트 연방의 지도가 나왔다.

네 개로 나뉜 국가들이 한데 뭉쳐 만들어진 연방.

서대륙을 절반 이상 집어삼킨 거대한 땅덩어리에 모든 이들이 환호했다.

그런 사람들의 환호가 채 끝나기 전에 카리엘이 구상했던 것들이 지도에 모습을 드러냈다.

서부에서 동부를 관통하는 철도 사이사이로 각 도시들마다 촘촘하게 연결된 철도. 그리고 수없이 많은 거점들이 표시되며 비공선들이 날아다니는 모습이 만들어졌다.

"제국은 지금보다 더 번영할 것이며, 과거의 영광을 넘어 더 강력한 제국을 만들 것이다."

카리엘의 선언이 끝나는 순간, 내무대신이 다가와 카리엘의 앞에 문서 하나를 들고 왔다. 그러자 바늘을 통해 엄지손가락에 피를 낸 카리엘이 피로 지장을 찍었다.

뒤이어 공왕과 제이론 폴에 카리엘의 아래에 지장을 찍었고, 마지막으로 트리아의 총독으로 임명된 마르크스가 지장을 찍었다.

"이로써 우리는 이그니트 연방 아래 한데 묶였음을 선포하노라."

황제의 선언과 함께 폭죽이 터지고, 수도 상공에 비공선이 날아다니면서 이그니트 연방의 탄생을 축하하는 현수막이

황제는 은퇴하고 싶습니다

펼쳐졌다.

그 순간 모든 제국민들과 새로이 제국의 품으로 들어온 모든 이들이 양손을 들어 올리며 환호했다.

반면에 이 모습을 침울하게 바라보는 이들도 있었다. 얼마 전까지 전쟁을 벌였던 남부 왕국들과 성국이었다.

적대 국가가 되어 이그니트 연방의 탄생을 축하하러 오지는 못했지만 이 모든 영상은 남부 왕국들과 성국에서도 보이고 있었다.

"개혁이라……."

성국 안에 있는 혁명 세력이 멀리서 이그니트 연방의 탄생을 영상구로 보면서 다짐했다.

자신들의 국가 역시 반드시 혁명을 이뤄 내 저런 영광을 만들어 내겠다고.

그리고 이건 탈로스와 로테온의 혁명 세력들 역시 마찬가지였다.

심각한 건 이들뿐만이 아니었다.

동대륙의 국가들 중 유일하게 참석하지 않은 로만 역시 이 모습을 심각하게 바라보고 있었다.

그동안은 자신들이 쳐들어가는 입장이었다면 앞으로는 반대가 될 확률이 높았기 때문이다.

그런데 대부분의 로만의 국민들이 수도에서 이그니트 연방이 탄생하는 걸 불안한 표정으로 보고 있는 와중에 이 모습을 재밌다는 듯 미소를 지으며 보고 있는 사내가 있었다.

"이그니트의 부활이라……. 앞으로 재밌어지겠군."

그렇게 중얼거린 검은 로브를 쓴 남자가 그렇게 중얼거리고는 조용히 인파 속으로 사라졌다.

생각보다 강한 황제?

제국의 위대한 영광을 되찾아 준 황제.

숱한 위기를 극복해 내고, 아이론과 공국까지 흡수한 제국 최고의 영웅.

그것이 현 황제인 카리엘을 생각하는 제국민들의 이미지였다.

똑똑하다.

황실의 문양을 부활시킨 적통성.

알 수 없는 힘을 갖고 있다.

카리스마가 있다.

이런 수많은 이미지를 갖고 있는 것과 다르게 제국민들 그 누구도 카리엘이 무력으로 강하다고 생각하진 않았다. 귀족들과 마탑을 무너뜨리고, 다른 국가들까지 압도하는 이미지를 갖고 있는 황제지만 그건 무력이 아니었다.

그렇기에 제국민들은 황제가 어디를 갈 때마다 항상 불안해했다.

지금의 제국은 사실상 카리엘을 중심으로 뭉쳐 있는 것이나 다름없었기 때문이다.

작게는 제국 내의 파벌부터, 크게는 아이론이나 공국 같은 연맹국들까지, 전부 카리엘을 중심으로 뭉쳐 있는 것이다.

그렇기에 대신들은 물론이고, 기사들까지 카리엘의 안전을 최우선적으로 생각했다.

"폐하! 갑자기 실전 같은 훈련이라니요."

"몸도 성치 않으신데 위험한 훈련은 자제하심이 옳은 줄 아뢰옵니다."

카리엘이 오랜만에 친위대과 함께 실전 같은 훈련을 하려고 할 때마다 어디서 소문을 들었는지 찾아와서 만류하는 대신들.

'친위대에게 은근슬쩍 얘기했건만…… 어떤 놈이지? 토토인가? 아니면…….'

친위대에게 실전 같은 훈련을 하고 싶다며 근처에 몬스터들이 서식하는 곳으로 가서 훈련할 테니 계획을 세워 보라

명했었다. 그런데 그걸 친위대원 중 하나가 몰래 대신들에게 흘린 것이다.

그들 입장에선 카리엘이 훈련하다 다쳐서 앓아눕는다면 일이 배로 늘어나니 이럴 수밖에 없었다.

그런데 카리엘의 수련을 막는 건 대신들뿐만이 아니었다.

"폐~~~하! 절대 아니 되옵니다!"

"아니…… 몇 가지 확인해 볼 게 있어서 그래."

득달같이 달려와 만류하는 타리온을 보면서 카리엘이 고개를 한숨을 쉬었다.

"그냥 여기서 하시면 되지 않사옵니까. 친위대나 황궁 기사들을 상대로 시험해 보십시오!"

"수르트가 실전이 꼭 필요하다고……."

"그런 상황이 나오지 않도록 저희들이 막겠습니다! 실전은 절대 아니 되옵니다!"

카리엘이 타리온의 극성에 한숨을 쉬면서 알겠다며 물러가라 명했다.

"……안 될 거 같은데?"

-그럼 이대로 수련하든가.

"후…… 수련만 할 수 없다는 거 알잖아."

수르트의 말처럼 하루 종일 수련만 한다면 계속 성장을 할 수는 있었다.

하지만 언제 지옥문이 열릴지 알 수가 없으니 좀 더 빠른

성장이 필요했다. 무엇보다 지금은 중요한 시기이기에

하루 종일 수련만 할 수는 없었다.

이미 영약으로 때우는 것도 한계에 도달했기에 좀 더 근본적인 해결책이 필요했다.

─그러니까 실전을 치러 봐야지. 극한까지 몰린 상황에서 화기를 컨트롤하다 보면 지금보다 훨씬 더 성장할 수 있다고. 그럼 너의 육체 역시 더 성장할 거다.

수르트의 말에 카리엘이 작게 한숨을 쉬었다.

카리엘도 실전이 필요하다는 건 인지하고 있었다.

문제는 수많은 이들의 반대를 무시하고 가기가 힘들다는 것이다.

지금도 친위대만 대동하고 몰래 나가려고 하면 황궁 기사들이 자신의 바짓가랑이를 부여잡고 못 가게 막고 있었다.

친위대 역시 은근슬쩍 시간을 끌면서 기사들이나 타리온이 오기를 기다렸다.

게다가 이들만 막는 게 아니었다.

타리온이야 항상 자신에 대한 걱정을 달고 사는 인물이라 그런가 보다 하는 카리엘에게 의외의 인물이 카리엘을 만류하러 찾아왔다.

"폐하, 옥체의 안전만을 생각하십시오."

"후…… 경까지 이럴 건가?"

자신의 앞에 고개를 숙이고 있는 인물.

제국의 세 기둥 중 하나이자 황궁 기사단장인 아켈리오였다.

"폐하의 옥체는 혼자만의 것이 아니옵니다. 제국을 위해선 조금의 위험도 용납할 수가 없사옵니다."

황태자 시절도 아니고, 제국의 황제다.

그러다 보니 아켈리오 입장에선 옥체의 안전을 최우선으로 둘 수밖에 없었다.

ㅡ내가 말했지? 그냥 한번 저질러.

수르트의 말에 카리엘이 한숨을 쉬었다.

서부에서 수르트의 힘을 잠깐이나마 사용했을 때를 생각하면 쉽사리 결정을 할 수는 없었다.

그때보다 훨씬 강력해진 카리엘이었고, 수르트를 소환하면 이 녀석이 무슨 짓을 저지를지 알 수가 없었다.

그렇다고 다른 녀석들을 소환하면 될까?

그것도 아니었다.

정령왕의 파편으로부터 탄생한 아그니는 악동 같은 모습을 보였으며, 스콜은 소환하는 그 순간 거대한 육체에 황궁 일부가 무너질 것이다.

"그냥 확인만 해 보자는 것이네."

"정예 기사들을 준비시키겠습니다."

아켈리오의 말에 수르트가 빙그레 웃었다.

ㅡ그냥 저지르는 수밖에 없다니까?

오랜만에 몸을 풀 생각에 신난 수르트가 환하게 웃으며 말하자, 갑자기 스콜과 아그니가 나타났다.

갑자기 서로 소환해 달라며 보채기 시작하는 녀석들을 보면 한숨을 쉬었다.

"황궁에서 제일 넓은 연무장을 준비하게."

"알겠습니다."

"결계를 이중 삼중으로 쳐 놓아야 할 것이네."

"그리하겠습니다."

걱정 말라는 듯 말하는 아켈리오를 보면서 카리엘이 한숨을 쉬었다.

결국 카리엘의 '실전 같은 수련 계획'을 막고 황궁 내에서 대련하는 것으로 바꾼 아켈리오는 대신들에게 영웅 대접을 받으며 황제의 대련 준비를 시작했다.

"폐하의 옥체에 티끌만 한 상처도 남겨선 안 될 것이야. 알겠나?"

"예!"

아켈리오가 몇 번이나 당부하며 황궁 기사들 중 최정예로 이루어진 이들이 카리엘의 대련 상대가 정해졌다.

그리고 마법사들이 몇 겹으로 만든 결계를 만들고 신관까지 대기할 준비를 마치고서야 마침내 카리엘이 연무장에 들어섰다.

"폐하, 최정예로 준비했습니다. 대련 상대로는 부족함이 없을 것이옵니다."

아켈리오의 말에 정예 기사들이 긴장한 표정으로 카리엘을 향해 묵례를 했다.

"누구부터 올릴까요?"

"전부 올리게."

카리엘의 명령에 아켈리오가 군말 없이 정예 기사들을 카리엘의 앞에 세웠다.

"경은 만약의 사태에 대비하게. 후…… 이 녀석들은 나도 컨트롤이 안 되는 놈들이니……. 웬만하면 황궁이 부서지지 않도록 잘 좀 막아 주게."

"그리하겠습니다."

카리엘의 당부에 아켈리오가 웃으면서 대답했다.

그러자 근처에 있는 다른 이들이 황급히 입을 가리거나 고개를 숙였다.

카리엘이 허세를 부린다고 생각했기 때문이다.

"후…… 다들 조심하라."

"예!"

카리엘의 당부에 우렁차게 대답하는 정예 기사들이었으나 제대로 귀담아 듣는 이는 없었다.

-일단 맞아 봐야 안다니까. 나부터 소환해!

몸 풀 생각에 신난 수르트를 보면서 한숨을 쉰 카리엘.

어느새 아그니와 스콜도 서로 먼저 싸우고 싶다고 난리를

쳤다.

남들에게 보일 정도로 유형화된 세 개체를 보면서 다들 귀엽다는 듯 바라보았다.

"일단 수르트부터. 당부하는데 절대 난리 치지 마. 건물이 조금이라도 무너지면 몬스터는 구경도 못 할 줄 알아."

카리엘의 당부에 연신 고개를 끄덕이는 수르트.

그 모습을 보면서 더 불안해지는 카리엘이었지만, 몸 안에 있는 화기를 전부 작은 불덩이에 밀어 넣어 주었다.

-오랜만이군!

몰려오는 화기를 보면서 진한 미소를 지은 작은 불덩이가 응축된 힘을 폭발시켰다.

그 순간 강렬한 빛과 함께 결계를 박살 내면서 거인이 나타났다.

"헉!"

불의 거인이 나타난 순간 경악하는 황궁 기사들.

하지만 당황한 건 한순간이었다.

아킬리오가 고르고 고른 정예들답게 당황하는 것도 잠시 곧바로 불의 거인을 상대해 나갔다.

그 모습을 보면서 흥분한 수르트가 거칠게 팔을 휘두르기 시작했다.

"야! 살살 해! 황궁 무너지잖아!"

카리엘이 고함쳤으나 이미 흥분한 수르트는 정신없이 기

사들과 싸우고 있었다.

"이런 미친……. 경! 저 새끼 막아!"

그나마 말귀를 알아먹는 수르트를 처음으로 소환했지만, 오랜만에 전투에 흥분했는지 도무지 말귀를 들어먹지 않았다.

결국 다급히 아켈리오에게 부탁하자 당황한 표정으로 앞으로 나섰다.

거대한 검으로 수르트를 막아서자 더욱더 흥분한 수르트가 난동을 부렸다.

물론 마스터를 감당할 수는 없기에 결국 거대한 몸이 여기저기 썰리면서 사라졌지만 때는 늦었다.

"……."

황궁에서 가장 거대했던 연무장은 여기저기 부서져 있었고, 궁의 일부는 녹아내리거나 아켈리오의 검에 무너져 있었다.

이럴 줄 알고 몇 겹으로 결계를 둘렀건만 결국 처참하게 부서졌다.

"내가 준비를 잘하라고 명했을 텐데……."

"……송구합니다."

아켈리오가 입이 열 개라도 할 말이 없다는 듯, 고개를 숙였다.

"후…… 부상자들이나 치료시키게."

한숨을 쉰 카리엘이 고개를 숙인 아켈리오를 뒤로하고 자신의 궁으로 돌아갔다.

"수르트!"

-크흠! 미…… 미안.

날뛴 것이 미안했는지 황급히 사과하는 수르트.

-그래도 내 덕분에 밖으로 나갈 명분은 얻었잖아.

"넌 몬스터 구경도 못 할 줄 알아."

수르트의 변명에 눈을 부라리며 말한 카리엘.

그런 그를 보면서 수르트가 더는 변명도 하지 못하고 고개를 푹 숙였다.

-끼잉?

다음은 자신의 차례라는 듯 슬쩍 나타나 카리엘의 얼굴에 부비부비를 시전하는 스콜.

그러자 아그니가 나타나서 애교를 부렸다.

하지만 이들의 애교에 넘어갈 카리엘이 아니었다.

"수르트처럼 난동 부렸다간 다시는 소환 안 할 거야."

카리엘의 말에 황급히 고개를 끄덕이는 아그니와 스콜.

그런 그들을 못 믿겠다는 표정으로 바라보던 카리엘은 뒤처리를 끝내고 찾아온 아켈리오를 안으로 들였다.

"수도 밖으로 나가야 할 것 같은데……."

"적당한 곳으로 알아보겠습니다."

"최대한 사람이 없는 곳으로 알아보게."

카리엘의 명령에 아켈리오가 굳은 표정으로 고개를 끄덕였다.

"최대한 몬스터들이 많은 곳으로."

"그건……."

"두 마리가 더 있네. 내 안전은 문제없을 것이네."

카리엘의 말에 아켈리오가 잠시 고민하더니 결국 고개를 끄덕였다.

어차피 자신이 따라갈 테니 문제없을 것이라 판단한 것이다.

그리고 마침내 카리엘이 실전 같은 수련을 할 수 있는 곳이 마련되었다.

북부에 있는 숲 한 곳을 토벌하기 위해 황궁 기사단과 친위대가 카리엘과 함께 움직였다.

"나서지 말게."

"홀로 토벌하실 생각입니까?"

아켈리오의 물음에 카리엘이 고개를 끄덕였다.

극한까지 몰리는 상황에서 화기의 컨트롤을 연습해야 했기 때문에 홀로 숲 안쪽으로 들어갈 생각이었다.

그러자 아켈리오가 자신의 감각이 닿는 선에서 멀리 뒤떨어져 움직였다.

쿵! 쿵!

카리엘이 숲으로 들어오는 순간 오랜만에 맞는 인간 냄새에 몰려드는 몬스터들.

그걸 보면서 카리엘이 말했다.

"날뛰어 봐라."

그렇게 말한 순간 허공에 거대한 늑대가 나타났다.

동시에 카리엘의 주변에 만들어지는 불을 휘감은 용암 골렘이 만들어졌다.

─집중해.

어느새 진중한 표정으로 조언하는 수르트.

그의 조언에 따라 카리엘은 화기를 운용하며 날뛰는 스콜과 아그니를 보조했다.

간간이 그들을 뚫고 카리엘을 공격해 오는 몬스터들이 있었지만 수르트가 가볍게 처리했다.

─화기를 잘 분배해. 분배하지 못하면 그 즉시 뚫릴 거다.

수르트의 말에 카리엘이 식은땀을 흘리면서 고개를 끄덕였다.

사방에서 몰려드는 몬스터들과 그들을 학살하는 두 소환체.

그리고 간간이 공격해 오는 몬스터들을 방어하는 수르트.

조금이라도 실수하면 위험한 상황이 올 수도 있다는 생각에 어느 때보다 집중력이 높아진 카리엘.

그 때문일까?

지지부진했던 실력이 가파르게 상승했다.

─역시 실전이 답이었어.

그렇게 중얼거린 수르트가 빙그레 미소를 지었다.

사실 진정한 의미의 실전이라고는 볼 수 없다.

뒤에 마스터와 황궁 기사들이 언제라도 뛰어들 수 있도록 대기하고 있는 상황이니 안전은 보장되었기 때문이다.

그러나 전력으로 힘을 사용하는 것만으로도 많은 도움이 되어 있었다.

쌓여 있었던 막대한 양의 화기를 소모하는 것만으로도 컨트롤이 늘어나고, 화기의 회복력이 빨라졌다.

ㅡ네가 앞으로 해야 할 핵심은 가름에게 닿는 것. 이거 스스로 해야 하는 일이야.

수르트의 조언에 카리엘은 입술을 깨물었다.

가름의 능력은 크게 세 가지였다.

1. 지옥화

지옥에서 건너온 망자들이 활동할 수 있는 영역을 만드는 것.

이 힘으로 인해 지옥문이 열리는 곳은 언제나 망자의 군단이 만들어졌다.

이들이야 군대로 어떻게든 뚫어 본다지만 문제는 그다음이다.

2. 용암의 대지

말 그대로 대지를 용암이 들끓는 대지처럼 만들었다.

용암 때문에 화염 내성이 있지 않는 한 건너가기 쉽지 않다.

3. 화염 폭풍
지옥문을 지키는 개답게 문을 떠나지는 않는다.

다만 다가오는 적은 물어뜯어 죽이는데, 모든 이들을 상대할 수는 없기에 다수의 적들을 거르기 위해 이런 폭풍을 만든다.

2번과 3번을 전부 뚫기 위해선 화염에 대한 강한 내성 혹은 친화력이 필요하다.

화염 폭풍이야 마스터가 전력을 다하면 한순간이나마 뚫어 낼 수 있다고 하더라도 용암의 대지를 건너고 그곳에서 가름과 싸우려면 결국 불의 친화력이 극한까지 단련되지 않는 한 불가능하다.

결국 카리엘 혼자 가름까지 도달한다고 생각했을 때, 분노한 가름을 한순간이나마 붙들고 있으려면 지금보다 강해지는 수밖에 없었다.

-나와 두 녀석을 전부 소환한다고 하더라도 가름을 붙드는 건 기껏해야 1분. 그 안에 승부를 봐야 한다.

수르트의 말에 카리엘의 표정이 구겨졌다.

설령 그랜드 마스터에 도달한다고 하더라도 온전한 힘을

가진 가름을 상대로는 승부를 장담하기 어려웠다.

그렇기에 수련이 필요한 것이다.

"닿기만 하면 될 거 같은데……."

─그래. 문제는 가름한테 도달하는 거지. 우리가 붙잡고 늘어지는 동안 목숨을 걸고 가름의 털끝이라도 만져야 한다는 거야.

흉포함 가름이라면 움직이는 것만으로도 카리엘을 피떡으로 만들 수 있었다.

그렇기에 몸도 단련해야 했다.

"후……후……."

점점 지쳐 가는 것을 보자 수르트가 신호를 줘서 아그니와 스콜을 불러들였다.

그러자 뒤에서 지켜보던 황궁 기사들이 때맞춰서 나타나 카리엘을 데리고 뒤로 물러났다.

몬스터들이 더는 다가오지 못하게 막으면서 숲 밖으로 나오자 수르트를 비롯한 소환수들을 완전히 역소환시켰다.

"폐하, 괜찮으시옵니까?"

"좀 지치는군."

걱정스레 바라보는 아켈리오를 보면서 짧게 대답한 카리엘은 늘어지듯 바닥에 주저앉았다.

"폐하, 천천히 하시지요."

"시간이 없다."

아켈리오의 말에 카리엘이 한숨을 쉬면서 말했다.

지옥은 점점 더 다가오고 있었다.

"재앙이 다가온다. 그리고 그 재앙을 해결하는 건 짐이 될 것이고. 그렇기에 놀고 있을 시간이 없어."

"그래도…… 옥체를 소중히 하셔야 하옵니다. 제국은 폐하께서 계시기에 이리 발전할 수 있는 것이옵니다."

아켈리오의 말에 모든 황궁 기사들이 고개를 끄덕였다.

오직 카리엘이기에 잡음 없이 제국이 굴러가는 것이다. 만약 카리엘이 죽는다면?

그 즉시 양 파벌로 갈라질 것이다.

"나도 그러고 싶지만 앞으로 있을 계획을 생각하면 다급해지는군."

그렇게 말한 카리엘이 여전히 의문을 담고 있는 아켈리오와 황궁 기사들을 향해 앞으로의 계획을 설명을 해 주었다.

지옥의 수문장을 막아 지옥문을 닫는 것.

그것이 카리엘의 최종 목표였다.

"서대륙을 통일하는 것? 동대륙을 견제하는 것? 이 모든 건 재앙을 막기 위한 과정에 불과하다."

"……지금은 못 막는 것입니까?"

한 황궁 기사의 물음에 카리엘이 쓴웃음을 지었다.

"시도해 보지 않은 건 아니다. 이 사실을 로만에도, 서대륙의 다른 국가들한테도 알려 볼 생각을 했지."

어차피 제국 혼자만의 힘으로 재앙을 막아 낼 순 없었다.

그렇기에 서대륙의 다른 국가들과 함께 재앙을 막아 보려 했었다. 하지만 실패했다.

그림자들을 통해 알아본 결과 탈로스는 이미 로만과 손을 잡은 귀족들이 수두룩했고, 성국 역시 마찬가지였다.

"교황이 내부 단속을 잘 하지 못한다면 반란이 일어날 수도 있을 정도지."

교황의 연이은 실패.

그로 인한 분란을 이용하는 건 이그니트뿐만이 아니었다.

로만 역시 성국에 손을 뻗치고 있었고, 흑마법사들 역시 마찬가지였다.

"동대륙의 다른 국가들에게 알리시면……."

"시도해 봤지. 한데 우리와 접선한 자들 대부분이 얼마 뒤에 죽었다."

아이론의 내전이 끝나고, 여유가 생긴 카리엘이 가장 먼저한 것은 동대륙과 접선하는 것이다.

처음에야 윙사르만 움직였다고 하지만, 로만이라는 거대한 적을 맞서기 위해선 최대한 많은 동대륙 국가들의 힘이 필요했기 때문이다.

그렇기에 카리엘이 해적왕을 움직여서 동대륙의 다른 국가들을 움직여 볼 생각을 했다.

윙사르처럼 이그니트의 지원을 받고자 하는 자들은 많았기 때문에 큰 문제는 없을 것이라 보았다.

그런데 결과는?

윙사르만 확실하게 움직일 뿐, 다른 국가들은 이그니트의 지원만 받고 미적거리고 있었다.

처음엔 '돈만 꿀꺽한 건가?'라는 생각을 했다.

하지만 자세히 알아본 결과 이그니트의 지원을 받은 자들은 나름대로 애를 쓰고 있었다.

'로만의 확장을 저지하는 것.'

이것에 대한 목표가 같았기에 그들 역시 전력으로 로만을 저지하기 위해 군사력을 확충하고 로만과의 국경 근처에 요새를 짓고자 했다.

하지만 그것을 반대하는 이들이 있었다. 이들로 인해 로만을 적으로 규정하는 작업이 계속해서 미뤄지고 현재에 이른 것이다.

'친로만파는 아니었어.'

대체 어떤 세력이 방해한 것인지는 아직 알 수 없다.

그렇지만 확실한 건 결코 이그니트에 우호적인 세력은 아니라는 점이다.

이 때문에 카리엘은 윙사르에만 집중할 수밖에 없었다. 오직 이들만이 로만에 대한 적대적인 감정이 강했기 때문이다.

'산드리아도 이상했지.'

사막제국이라 불리는 산드리아지만, 실상은 수많은 부족들의 연합체에 가까운 국가.

이 국가의 경우 서대륙과 교역을 왕성하게 하고 있었기에 큰 문제가 없을 줄 알았다. 그런데 결국 윙사르만 로만을 저지하는 데 적극적이게 된 이유는 산드리아 역시 서대륙과 '동맹'을 맺는 것에는 그리 달가워하지 않는다는 점 때문이었다.

"동대륙은 몰라도 서대륙은 우리가 발표한다고 해도 믿지 않을 확률이 높아."

명확한 증거를 내밀지 않으면 믿지 않을 확률이 높았다.

이미 자국 내부에 혁명 세력이 커 가면서 분란을 일으키고 있었다.

그런 상황에서 이런 얘기를 하면 제국이 명분을 갖고 자신들에게 내정간섭을 하려 한다고 느낄 것이다. 그렇게 명확한 증거를 찾아야 했다.

물론 그렇다고 해도 끝까지 합류하기를 거절하는 국가도 있을 것이다.

탈로스 같은 경우 지옥을 막기 위해 이그니트와 손잡는 순간, 자신들이 먹힌다고 생각할 게 분명했다.

'차라리 동대륙 국가들과 손잡는 한이 있더라도 우리와 손을 잡진 않겠지.'

그렇게 생각한 카리엘이 쓴웃음을 지었다.

이미 탈로스와는 돌이킬 수 없는 지경까지 와 버렸다.

그렇기에 확실히 먹어 버릴 생각이었다.

그쯤 되면 로테온이나 성국도 다급해질 터. 그들까지 집어

삼킬지 아니면 속국 형태로 남겨 둘지는 그때 가서 정하면
되었다.

한 가지 확실한 건 그때가 되면 서대륙만큼은 지옥에 대항
할 확실한 세력이 될 수 있을 것이라는 점이었다.

─쉬었으면 다시 시작해야지.

"그래야지."

어느 정도 회복되었다 싶자 곧바로 나타난 수르트를 보면
서 다시 일어나는 카리엘.

그런 그를 걱정스레 바라보는 기사들이었지만 말릴 수는
없었다.

명확한 목표를 향해 달려가는 자신의 황제를 보자 기사들
의 눈에 불이 일렁이기 시작했다.

황궁 기사가 되고 나서 정체되었던 기사들이 다시금 위를
올려다보기 시작하자 아켈리오가 그런 그들을 보면서 미소
를 지었다.

'정체되었던 녀석들이 더 발전할 수 있겠군.'

어쩌면 자신들의 뒤를 이어 줄 녀석들이 탄생할 수도 있겠
다는 생각에 미소가 지어졌다.

동시에 자신 역시 마음 한구석에 작은 불씨가 만들어졌다.

'폐하께서 이 늙은이조차 달리시게 하는군.'

마스터에 이른 후 오랜 시간 정체된 실력에 멈춰져 있던
걸음이 다시금 움직이려 하고 있었다.

"그랜드 마스터라…….."

지금부터 노력한다고 하더라도 죽기 전에 그 근방이라도 도달할 수 있을지 알 수 없었다.

하지만 해야만 했다.

조금이라도 더 강해져야 재앙에 목숨을 잃는 자들이 줄어들 것이기에……

⁂

마침내 카리엘이 수련에서 돌아왔다.

이미 근방에서 연이은 폭음이 들려와 소문이 난 상황에서 지친 표정으로 궁으로 들어간 카리엘.

그런데 그날 저녁부터 황궁에서 이상한 일이 벌어졌다.

카리엘의 수행에 동행했던 황궁 기사들이 돌연 강도 높은 수련에 들어간 것이다.

대체 무슨 일이 일어난 건지 궁금했지만, 알 수는 없었다.

그저 2~3일에 한 번씩 수련하러 다녀올 때마다 수련 대열에 합류하는 황궁 기사들의 수가 늘어날 뿐이었다.

그런데 더 시간이 흐르자, 수련 대열에 새로운 변화가 생겼다.

마스터에 이른 후 황궁을 지키는 데 주력했던 아켈리오가 폐관 수련에 들어간 것이다.

그러자 사람들 사이에서 카리엘이 또 무슨 수를 쓴 게 아니냐는 소문이 돌기 시작했다.

그렇게 갑자기 수련광이 되기 시작한 황궁 기사들의 소문이 제국 전역으로 퍼져 나가자 궁금했는지 곳곳에서 카리엘을 찾아왔다.

"······타리온, 기사들은 다 어쩌고 그림자들이야?"

"크흠! 최근 그림자들의 정신 상태가 해이해져서······ 폐하께 도움을 받고자 찾아왔습니다."

"하······ 그 소문을 믿냐?"

카리엘이 한심하다는 듯 타리온을 바라보았지만, 한 번만 같이 가게 해 달라는 청에 하는 수 없이 고개를 끄덕였다. 그림자들이라면 황궁 기사들에 비해 실력이 달리는 것도 아니니 상관은 없었다.

문제는 그림자들마저 카리엘과 같이 갔다 오고 나서 수련광이 되었다는 점이다.

몇몇은 실력이 상승해 버리기도 하자, 수도에 묘한 소문이 돌기 시작했다.

'황제를 따라가면 새로운 경지에 대한 단서를 얻을 수 있다.'

대부분 헛소리로 여겼지만 몇몇 이들은 진지하게 이 소문을 받아들였다.

오랜 시간 동안 정체되어 포기한 자.

벽에 가로막혀 헤매는 자.

다음 단계에 대한 갈망으로 미쳐 버린 자.

이런 이들이 호기심을 참지 못하고 황궁으로 찾아오고는 했다.

그리고 그런 이들 중에는 마스터라는 거대한 벽을 마주한 대표적인 이들도 있었다.

"하…… 공작, 이런 뜬소문을 믿으시오?"

"크흠! 그냥 구경만 하겠습니다."

헛기침을 하면서도 기어코 따라가겠다는 월크셔 공작.

그리고 그 옆에서 은근히 기대하는 눈빛을 보이는 청년.

"저도 따라가도 되겠습니까?"

글렌의 말에 한숨을 쉰 카리엘이 고개를 끄덕였다.

간절하게 바라보는 두 사람을 내칠 수도 없었기에 수련을 따라오는 것을 허락했다.

거대한 소환체들을 목격한 글렌과 월크셔 공작.

그리고 비밀을 안 이들은 다른 사람들처럼 이를 악물고 조금씩 벽을 허물기 시작했다.

하지만 이들의 마음을 알지 못하는 카리엘은 정말 자신에게 뭐가 있나 의심했다.

"어…… 정말 나한테 뭔가 있나?"

카리엘의 이런 중얼거림에 수르트가 몰랐냐는 듯 고개를 갸웃거리면서 말했다.

－몰랐냐? 너 사람을 각성시키는 힘이 있어.

"각성?"

카리엘이 고개를 갸웃거렸다. '내게 그런 힘이 있었던가?' 하는 표정이었다.

－정확히는 네 의도대로 움직이게끔 이끄는 힘이지.

"그런 게…… 있다고?"

－군주라면 갖고 있는 카리스마. 그런 거랑 비슷한 거지.

수르트가 태연한 얼굴로 짧게 설명했다.

제국을 발전시킨다는 의지, 재앙을 막는다는 대의가 많은 사람들의 가슴속에 박히기 시작한 것이다.

그 힘은 벽에 가로막혀 좌절한 자에게 다시 걸어갈 힘을 주고, 어느 정도 선에서 만족하고 주저앉았던 이들을 다시 일으켜 세우게끔 했다.

－신의 사도쯤 되면 말에도 힘이 있는 법. 거기에 군주의 카리스마가 합쳐져 화기에 융화된 거다. 잘 봐 봐.

수르트의 말에 카리엘이 가만히 월크셔 공작과 글렌을 바라보았다.

그러자 그들의 가슴에 아주 미약하지만 불꽃이 타오르고 있는 것이 보였다.

－영웅들이 연설로 사람들의 사기를 고양시키는 것도 비슷한 거지. 그들의 연설이 단순히 사기만 끌어올리는 게 아니라 병사들의 힘 자체를 강하게 만드는 것도 다 이런 원리거든.

영웅의 마력을 연설로 퍼뜨려 자신의 생각에 동감하는 이들과 마력의 파장을 동화시켜 더 강화시키는 힘.

어느새 카리엘은 영웅의 경지에 다다른 것이다.

-뭐 대부분은 짧게 교감하는 걸로 끝이지만 네 주변 애들은 그게 아닌가 봐.

카리엘에 대한 절대적인 믿음.

그것이 막혀 있던 벽마저 뚫어 낼 만큼 강했기에 지고한 경지마저 개척할 '용기'를 부여한 것이다.

"나…… 좀 대단한 건가?"

서대륙을 흔드는 이그니트 연방

　한때 가장 멍청한 국가라고 조롱받던 제국이 비상하기 시작했고, 그로 인해 다른 국가들은 빠르게 빛을 잃어 갔다.

　그래도 여기까지라면 남부 국가들도 받아들일 수 있었다.

　제국의 비상을 막지 못한 이상 자신들의 약화되는 건 어쩔수 없는 일이기 때문이다.

　하지만 결코 받아들일 수 없는 일이 발생하고 있다는 게 문제였다.

　혁명 세력이 활동하면서 자신의 체제를 붕괴시키려 하고 있었고, 해적들을 비롯한 범죄 조직들이 자국의 힘을 자꾸 갉아먹으려 하고 있었다.

　이것을 막기 위해서 아이론까지 내주었건만 상황은 더 심

서대륙을 흔드는 이그니트 연방　243

각해져 가고 있었다.

남부 왕국들의 정보부조차 예상할 수 없는 일이 발생했기 때문이다.

　-제국에 몰려드는 용병들!
　-암흑 속에서 헤매는 방랑 기사들. 다음 단계로 나아가기 위해선 황제를 알현해야 한다!

황제의 수련에 따라가는 것이 실제로 효과가 있다는 것이 증명되자, 많은 이들이 황제를 알현하기 위해 제국의 수도로 몰려들었다.

오직 자신 하나만을 보기 위해 수많은 사람들이 몰려고 있다는 보고에 카리엘은 어이없는 표정을 지었다.

"이거 정말이야?"

카리엘이 황당한 눈으로 타리온을 바라보았다.

"그렇습니다."

타리온이 흐뭇한 표정으로 대답하자 카리엘의 얼굴이 찡그려졌다.

"이런 헛소문을……."

"완전히 헛소문은 아니지 않습니까?"

"그렇긴 한데…… 소문처럼 엄청난 효과가 있는 것도 아니지."

타리온의 말에 카리엘은 한숨을 쉬며 말했다.

글렌과 월크셔 공작을 보고 난 후, 정말로 자신에게 엄청난 능력이 있는 건 아닐까 기대했었다.

수르트의 말을 시험해 보기 위해서 오만 걸 다 했다.

시작은 수도 방위군부터였다.

중앙군, 치안대, 나중에는 수도에 있는 용병들까지 시험해 보았다.

결론은 사기적인 능력까진 아니라는 것이었다.

글렌과 월크셔 공작이 벽을 허물기 시작한 것은 타이밍이 잘 맞은 것이었고, 황궁 기사들과 그림자들 역시 높은 충성심으로 인해 심적 변화를 일으킨 것에 불과했다.

하지만 이들 말고도 몇몇 이들은 유의미한 변화를 일으켰고, 실제로 단계가 상승한 이들도 존재했다.

'전부 불과 관련된 능력자들이었지?'

마법사나 검사나 화염 계열의 마력을 가진 자들.

그런 이들이 유의미한 변화를 일으켰다.

어찌 되었든 카리엘을 만나고 경지가 상승한 이들이 있거나, 좌절했던 이들이 다시 무기를 쥔 것은 사실이었다.

확률이 얼마나 되든, 사람들은 성공한 자들만을 바라보기에 황제한테 가면 희망이 있다는 것처럼 소문이 와전되기는 충분했다.

그렇기에 용병들부터 방랑 기사, 모험가까지 다양한 사람들이 모여들었다.

이들뿐이었다면 서대륙에 혼란이 찾아오지는 않았을 것이다.

남부 왕국들의 기사들 중 일부가 제국으로 빠져나가면서 일이 커지기 시작한 것이다.

서대륙의 모든 국가에서 이러한 일이 일어나고 있었지만 삼국 중 가장 심각한 것은 탈로스였다.

"정말 그 헛소문을 믿고 제국으로 가고 있다고?"

알탄 후작이 어이가 없는 표정을 지었다.

황제의 수련에 참가하면 뭐라도 얻어서 나온다는 헛소문에 휘둘리는 자들.

문제는 이것으로 인해 또 다른 문제가 터진 것이다.

-불의 신전! 제국을 넘어 서대륙 전체로!

제국 광장에 큼지막하게 붙어 있는 현수막.

이그니트의 불의 신전. 이들이 제국을 넘어 타국으로 뻗어나갈 준비를 시작했다.

현 황제가 즉위한 이후 빠르게 세력을 확장했는데 이젠 타국까지 뻗어 나갈 힘을 갖추게 된 것이다.

그런데 예상외로 타국에서 불의 신전에 대한 반발은 크지 않았다.

가장 큰 이유는 이들은 성국처럼 신성력에 집착하지 않았다. 그렇다고 불의 종교만을 섬겨야 한다고 강요하지도 않았다.

이들의 요구는 간단했다.

"정말 불을 믿는 것만으로 신전 소속이 되는 겁니까?"

"그렇소. 불은 어디에나 있는 법. 신성력으로 구분하는 것만큼 멍청한 짓도 없지."

불의 사제의 말에 용병이 감동한 표정으로 자신의 팔에 새겨진 문양을 바라보았다.

사제나 성기사만 받는다는 문양이 자신의 팔뚝에 새겨졌기 때문이다.

불의 축복을 받은 용병은 곧바로 몸 안에서 불의 기운이 느껴졌다.

"정말이군."

자신의 몸에서 느껴지는 불의 기운에 용병의 얼굴이 활짝 펴졌다.

"그대의 앞길에 불의 축복이 함께하기를……."

사제의 말에 용병이 허리를 굽혀 인사를 하고서는 사라졌다. 그 모습을 본 다른 이들도 사제에게 불의 축복을 받을 수 있는지 물었다.

그들의 바람과 다르게 모든 이들이 불의 축복을 받을 수 있는 것은 아니었다.

기존의 제국인들이라면 높은 확률로 불의 기운을 품고 있지만, 타국의 사람들의 경우 선천적으로 불의 기운을 품고 있어야 가능했기 때문이다.

하지만 그것으로 충분했다.

- 불의 신전은 차별하지 않는다!
- 모든 이들에게 공평한 기회를 제공할 것이다!

불의 신전의 이러한 발표는 신분제에 지친 이들에게 희망이 되어 주었다.

서대륙의 국가들에 혁명 세력이 만들어졌다지만, 이들의 과격한 행동을 싫어하는 이들도 존재했다.

하지만 불의 신전은 달랐다.

"불을 믿는 자들이라면 모두가 공평한 기회를 보장받아야 하는 법."

힘과 권력의 차이는 어쩔 수 없지만, 적어도 기회만큼은 공평하게 보장받아야 한다는 이들의 논리에 많은 이들이 감화되었다.

실제로 불의 신전에서 성자라고 칭송하는 현 황제 역시 제국민들에게 최대한 많은 기회를 주려고 노력하는 중이었다.

그러다 보니 많은 사람들이 흔들리기 시작했다.

"폐하, 탈로스에서 탄압이 시작되었습니다."

타리온의 보고에 카리엘이 빙그레 미소를 지었다.

"로테온은?"

"아직입니다. 강력하게 정보를 통제하고 있어서 시간이 더 걸릴 것으로 보입니다."

제국의 흔들기 작전에 로테온은 정보 통제로 대응했다.

하지만 그것이 얼마나 갈까?

상인을 완전히 막지 못하는 이상 결국 뚫릴 수밖에 없었다.

"성국도 아직이지?"

"그렇습니다. 태양신에 대한 믿음이 굳건합니다."

태양신을 주신으로 섬기는 나라답게 불의 신전들이 들어가기 쉽지 않았다.

"태양신과 불의 신이 크게 다르지 않다는 것으로 접근해 봐."

"불의 신전에 그렇게 전달하겠습니다."

카리엘의 명령에 고개를 숙이고 물러나는 타리온.

"예정보다 빨라지네."

적어도 2~3년 후에나 계획했던 바를 실행할 수 있을 줄 알았지만, 예상하지 못한 상황이 터지면서 계획이 빨라졌다.

문제는 이게 좋기만 한 것이 아니라는 점이다.

"제국의 준비가 끝나지 않았다는 게 문제인데……."

카리엘은 중얼거리면서 미간을 찌푸렸다.

마탑을 무너뜨리고 귀족들의 이권을 가져오면서 기반은 다졌다.

하지만 사람들이 성장하는 데는 시간이 필요했다. 이것만큼은 돈으로 안 되는 일이기에 시간이 필요했다.

지금도 속속 기술자들이 수도로 모여들면서 빠르게 발전하고 있지만, 카리엘이 만족할 만큼 성장 속도를 내려면 더 많은 사람들이 필요했다.

"이왕 이렇게 된 거 한번 저질러 봐?"

이미 제국은 능력자들을 우대하는 정책으로 가고 있었다.

귀족원이 최대한 저지하고 있었지만 이조차 카리엘이 의도한 것이었다.

급격한 변혁은 문제를 일으키기 마련.

그렇기에 귀족원으로 하여금 이것을 개혁을 늦추게 해서 속도를 조절한 것이다.

그런데 카리엘이 그 고삐를 풀어 버릴 생각을 하고 있는 것이다.

"귀족들이라……."

귀족들이 반발할 가능성이 컸다.

지금도 많은 부분을 양보한 상태이기에 귀족들에게 만족할 만한 무언가를 내주어야 했다.

귀족들을 해결한다고 하더라도 문제는 남아 있었다.

타국들이 자신들의 기술자를 빼내 가는 걸 가만히 두고 볼 리가 없었다.

무슨 수를 써서라도 막으려 할 것이고, 막아 낼 수 없는 흐름으로 간다면 답은 한 가지밖에 없었다.

"전쟁이 빨라지는 것도 문제인데."

여기서 고민이 된다.

시간을 더 두고 만전을 기한 상태에서 전쟁을 할 것인가? 아니면 적들이 불안정한 상태에서 전쟁을 할 것인가.

만전을 기하고 전쟁을 할 경우 피해는 줄일 수 있었다.

반대로 전쟁을 앞당길 경우, 좀 더 빠르게 동대륙에 개입할 수 있게 된다.

"피해를 줄일 것인지, 재앙을 더 빨리 대비할 것인지 둘 중 하나를 선택해야 한다라⋯⋯."

쉽사리 결정할 수 없는 문제에 고심하던 카리엘은 다급히 시종장을 불렀다.

"내무대신과 외무대신, 군부대신을 불러오게."

"예!"

카리엘의 명령에 시종들이 다급하게 세 명의 대신들을 부르러 사라졌다.

얼마 뒤, 대신들이 집무실에 모이자 본격적으로 회의를 시작했다.

"타국의 기술자들을 끌어오면 귀족들에게 무엇을 내주어야 할까?"

"국가사업에 대한 입찰 제한을 좀 더 푸셔야 할 것입니다. 대출을 비롯해 몇몇 사업의 경우 몇몇 귀족들에게 유리한 방향으로 방향을 트셔야 할 것입니다."

"그것만으로 될까?"

카리엘이 고개를 갸웃거리면서 내무대신을 바라보자 그가 고개를 저었다.

"귀족들에 대한 권한 몇 개 정도는 과거 수준으로 돌아가야 할 것입니다."

"흠…… 그럼 안 하느니만 못할 것 같은데…….."

"그래도 이건 협상의 여지는 있을 것입니다."

내무대신의 말에 이번엔 외무대신을 바라보았다.

"귀족들은 설득했다 치고, 타국의 반발을 언제까지 무마시킬 수 있지?"

"어렵습니다. 곧바로 전쟁이 터질지도 모르옵니다."

"사과의 의미로 대충 몇 가지 이권을 던져 줘도?"

"……그렇다면 시간을 끌 수는 있겠지만 오래가지는 못할 것입니다."

외무대신의 말에 카리엘이 고심에 빠졌다.

"전쟁이 당겨지면 계획대로 진행했을 때보다 얼마나 더 많은 피해가 예상되지?"

"적어도 3할에서 4할 이상은 더 피해를 입을 것이옵니다."

군부대신의 말에 카리엘이 침음성을 삼켰다.

"역시 계획대로 가야 하나?"

카리엘의 말에 세 명의 대신들이 머리를 조아렸다.

바로 그때, 외무대신이 눈을 빛내면서 의견을 냈다.

"폐하, 지금 이런 고민을 하시는 것이 정체되어 있는 기술 발전을 빠르게 하기 위함 아니옵니까?"

"그렇지?"

"그렇다면 꼭 수도로 기술자를 불러들일 필요는 없는 것 아니옵니까?"

외무대신의 말에 카리엘의 눈이 동그랗게 떠졌다.

"그렇지. 그럴 필요는 없지."

"타국의 기술자들이 꼭 제국으로 넘어올 필요가 없다면 어 떻겠습니까?"

"중립 지대를 이용하자?"

단번에 알아들은 카리엘이 피식 웃었다.

그러자 외무대신이 자신의 생각을 추가적으로 설명했다.

"트리아 남부 지역을 남부 왕국들의 중립 지대로 설정하 면……."

"그곳에 우리의 기술자들과 마탑을 짓고 타국의 기술자들 을 불러 모은다면?"

제법 재밌는 그림이 그려지자 카리엘이 빙그레 미소를 지 었다.

"나쁘지 않군. 시종장!"

“예! 폐하.”

“지금 당장 재무대신을 불러와.”

재무대신까지 불러오라는 명령을 내린 카리엘이 내무대신을 바라보았다.

“귀족들이 반발할 수 있으니 트리아에 귀족들이 참여할 수 있는 방안을 만들어 봐.”

“예, 폐하.”

“외무대신은 방금 말한 방안을 구체적으로 만들어 오고. 군부대신은 중립 지대에 삼국이 균형을 유지할 수 있는 병력이 어느 정도일지 계산해 봐.”

“예!”

두 사람의 대답에 고개를 끄덕인 카리엘은 재무대신이 도착하자 본격적으로 계획을 구체화하기 위한 회의를 시작했다.

그리고 점점 더 계획이 구체화되어 갈수록 카리엘은 확신했다.

‘어쩌면 남부 왕국들을 더 크게 흔들어 볼 수도 있겠어.’

　　　　　　　　　　※

카리엘의 계획은 곧바로 남부 왕국들에 전달되었다.

고위 귀족들과 왕이 뭉갤 수 없도록 일부러 공개적으로 발표한 후, 정식으로 제안서를 넣었다.

그러자 두 왕국 모두 당황했다.

'이제 와서?'

처음엔 이런 반응이었으나, 숨겨진 의도를 파악하고는 이를 갈았다.

"이걸 받아들일 경우 발생할 문제를 말해 보시오."

로테온 국왕의 말에 체스터 후작이 한숨을 쉬면서 말했다.

"……부유층이 급격하게 많아질 겁니다. 문제는 그들 대다수가 평민이라는 것이지요."

재무 대신이자 대상인인 체스터 후작의 말에 로테온의 왕이 한숨을 쉬었다.

"우리의 힘이 약해지겠군. 그럼 거절해야 하는 것이오?"

"제국의 의도가 정확히 무엇인지 모르는 이상 쉽지 않습니다. 어쩌면 이걸 명분으로 바로 전쟁을 하려 할 수도 있습니다."

"그렇다고 우리의 힘이 깎여 나가게 둘 수는 없지 않소?"

"그렇긴 하옵니다만……."

체스터 후작이 말끝을 흐리자 로테온 국왕이 한숨을 쉬며 물었다.

"만약 받아들인다고 하면 혁명 세력이 더 날뛸 터. 이걸 막을 수는 있겠소?"

"혁명 세력이 중립 지대를 근거지로 삼는다면 더는 확장을 막기 어려울 것입니다."

정보부 수장인 델론드 후작이 고개를 숙이면서 말하자 로테온 국왕은 눈을 질끈 감았다.

지금도 정보를 통제하며 간신히 틀어막고 있는데 혁명 세력을 제어할 방법이 사라진다면, 그 순간부터 귀족들의 체제는 빠르게 무너져 내릴 것이다.

"그래도 저희는 상황이 좀 낫습니다. 탈로스는……."

델론드 후작이 말끝을 흐리자 다들 한숨을 쉬었다.

이대로 있으면 제국에 그대로 흡수되게 생겼다. 시간이 지나면 속국이 될 상황에 처했기에 나름의 준비를 했다.

멸망이 예정되어 있다 한들 마지막 발악은 해 봐야 하지 않겠는가?

그걸 위해서 로테온은 최대한 정보를 틀어막고 전쟁 준비에 박차를 가했다.

탈로스 역시 최대한 자금을 끌어모아 대규모 지하 시설을 만들고 전쟁 무기를 개발하고 있었다.

그런데 제국은 그 시간조차 주지 않으려는 것 같았다.

"분명 제국도 힘들진대…… 정녕 우리와의 전쟁을 감수하려는 건가?"

로테온 국왕의 말에 다들 무거운 표정으로 침묵했다.

분명 제국 역시 시간이 필요했다. 그렇기에 서로가 시간을 가지고 마지막 전쟁을 준비하려 했다.

그런데 제국이 갑자기 치고 나오니 당혹스러웠다.

"어찌하시겠습니까?"

피레스 공작의 물음에 국왕이 한참 동안 침묵하다 입을 열었다.

"비밀리에 군사를 모으시오."

"예."

"전하! 곧바로 전쟁을 하시려는 것입니까?"

곧바로 대답하는 피레스 공작과 달리 체스터 후작은 절대 안 된다는 듯이 말했다.

지금 당장 전쟁하는 건 위험했다.

적어도 해적들과 범죄 집단은 완전히 처리해 뒤를 안정시켜 두고 전쟁에 임해야 했다.

"바로 하려는 것이 아니오."

국왕의 말에 다들 의아한 표정을 지었다.

"귀족들이 적극적으로 협조할 마음을 먹었을 때. 그때가 우리가 전쟁을 하는 타이밍이 될 것이오."

"이번 기회를 노리는 것이군요."

체스터 후작이 무슨 의도인지 알았다는 듯 고개를 주억거렸다.

아무리 로테온이라도 혁명 세력을 계속 묶어 둘 수는 없다. 그렇다면 이들이 날뛰게끔 만들고, 귀족들의 힘을 한데 끌어모아야 했다.

이때가 로테온이 제국에 대항할 거의 마지막 타이밍일 것
이다.

"델론드 후작은 탈로스와 성국에 이 사실을 알리시오."

"그리하겠습니다."

피레스 공작과 델론드 후작이 물러나자 남아 있던 체스터
후작이 조용히 물었다.

"전쟁 시기는 언제쯤으로 생각하십니까?"

"혁명 세력이 들고일어날 때. 그때가 귀족들의 힘을 한데
모으기 좋을 것이오."

"그럼 사전에 작업을 해야겠군요."

귀족들에게 제국에 넘어가면 자신들의 미래가 없음을 주
지시켜 주어야 했다.

적어도 귀족들의 힘이라도 뭉쳐서 대항해야 제국의 공격
에 조금이라도 버틸 수 있을 것이기 때문이다.

최악의 상황에서 귀족들을 모아 마지막 항전을 준비하는
로테온.

그리고 그건 탈로스 역시 마찬가지였다.

"개판이군."

탈로스 국왕이 쓴웃음을 지으며 허탈한 표정을 지었다.

이미 탈로스의 미래는 끝이 났다.

제국의 파상 공세를 버텨 낸다고 한들 국력이 약해진 탈로

스의 미래는 어두웠다.

이미 탈로스 자체가 타국의 놀이터가 된 지 오래였다. 그런 국가의 미래란 타국에게 이권을 강탈당하며 눈치만 보는 소국과 다름없으리라.

그렇기에 이제는 선택을 해야 할 시기가 다가왔다.

"조금은 시간이 더 있을 줄 알았거늘……."

탈로스 국왕이 쓴웃음을 지었다.

그의 선택은 명예롭게 싸우다 멸망을 당하는 것이었으나, 이제 와서 자꾸만 국민들이 눈에 밟혔다.

"전하, 로테온에서 비밀리에 서신을 전해 왔습니다."

시종이 건네는 서신을 읽은 탈로스 국왕은 피식 웃었다.

로테온의 서신은 자신의 마지막 고민마저 지워 버리고는 한 가지 선택을 강요했다.

"시기는 혁명 세력의 준동인가?"

그렇게 중얼거린 탈로스 국왕이 비밀리에 주요 대신들을 불러 모았다.

마지막까지 망설였으나 결국 전쟁을 하기로 마음먹었다면 더는 미적거릴 수 없었다.

"공작."

"예, 전하."

"칼을 뽑아야 할 것 같소."

"……준비하겠습니다."

조용히 고개를 숙이며 물러가는 클레타 공작을 보며 고개를 끄덕인 탈로스 국왕은 이번엔 알탄 후작을 바라보았다.

"후작."

"예, 전하."

"나의 왕국에 숨어든 쥐새끼들을 잡아내시오."

"전부 처단하면 되겠습니까?"

알탄 후작의 물음에 탈로스 국왕이 고개를 저었다.

"기회를 주시오. 그동안 국가를 팔아 벌어들인 재물은 회수해야 하지 않겠소?"

"그리하겠습니다."

목숨을 살려 주는 대가로 탈로스의 정보를 팔아 재물을 긁어모은 이들의 재산을 환수할 예정이다.

그렇게 모은 돈으로 최후의 항전을 준비해야 했다.

＊

탈로스 국왕의 명에 비밀리에 나라 안에 숨어든 쥐새끼들을 찾아 나가는 알탄 후작과, 찾아낸 쥐새끼를 처단하기 위해 직접 움직이는 클레타 공작.

그렇게 한창 바쁜 움직임을 보일 때, 제국에서 사신이 도착했다.

"받아들이겠소."

"탈로스의 결단에 감사드립니다. 앞으로 삼국의 평화가 오래 지속되길 바라며 이 기쁜 소식을 곧바로 폐하께 전하겠습니다."

외무대신이 직접 결단을 내려 준 탈로스 국왕에게 감사 인사를 전하며 물러났다.

그리고 얼마 뒤, 탈로스가 황제의 제안을 받아들였다는 발표와 함께 옛 소국의 영역이자, 현재는 제국의 영역이 된 트리아와 탈로스, 로테온의 국경이 겹친 지역에 자유 무역도시가 세워졌다.

세 나라의 국경이 겹쳐진 곳에 세워진 거대한 도시.

-새로운 제국의 자유 무역도시 그리햄! 삼국의 평화의 상징이 되다!

거창하게 발표되는 서대륙의 새로운 자유 무역도시 그리햄.

많은 사람들이 '이제 정말로 평화가 도래한 것인가?'라는 생각을 했다.

하지만 국가를 오가는 상인들은 이 평화가 그리 오래가지는 못할 것임을 눈치챘다. 조금만 큰 상단이라면 남부 왕국들이 비밀리에 철과 마정석을 대량으로 매입하고 있다는 사실을 알고 있었다.

무엇보다 귀족들로 하여금 막대한 자금을 모으고 있다는 것을 알고 있기에 남부 왕국들이 평화 뒤에 숨어 칼을 갈고 있음을 알 수밖에 없었다.

　상인들조차 아는 정보를 제국이 모를 리 없었다.

　제국과 남부 왕국들이 바라보는 미래는 같았다. 그날을 위해 그리햄을 주시했다.

　정확히는 그곳에 모여든 혁명 세력과, 돈을 벌기 위해 모여든 수많은 사람들을 보았다.

　-혁명 세력의 크기를 최대한 키우게. 그들이 들고일어나는 순간이 전쟁의 시작일 것이니…….

　트리아의 총독으로 임명된 마르크스는 황제의 비밀 서신을 보고선 한숨을 쉬었다.

　자유와 평등이라는 기치를 걸고 만들어진 혁명 세력이 전쟁의 수단으로 이용되는 것에 한숨이 나왔으나 어쩔 수 없었다.

　이미 황제의 말이 되기로 마음먹은 이상 철저하게 따라야 했다.

　"지금부터 트리아의 주요 도시에 혁명 세력을 위주로 관료를 뽑게."

　마르크스가 트리아의 중요 관료들을 보면서 명령을 내리

자 다들 당황한 표정을 지었다.

"귀족들이 반발할 것이옵니다."

"폐하께서 허락하신 사안일세."

"예? 폐하께서요?"

모두들 의아한 표정을 지었으나 마르크스는 더는 묻지 말라는 듯 단호하게 고개를 저었다.

그러자 다들 고개를 숙이며 알겠다고 말한 후 물러났다.

그리햄에 모여드는 수많은 사람들과 그들을 고용하는 수많은 상인들과 관료들, 그리고 그리햄과 거래하는 트리아의 주요 도시들이 전부 혁명 세력에 장악된다면?

타국에서 그리햄으로 모여든 사람들도 혁명 세력들의 영향을 받을 수밖에 없었다.

"전쟁이라……."

마르크스가 혁명 세력으로 인해 전쟁이 일어날 것을 알고 있음에도 속도를 늦추지 않고 더 빠르게 세력을 확장시키려는 이유는 황제의 의중을 어느 정도 간파했기 때문이다.

자세한 건 알지 못하지만 카리엘이 서대륙의 통일을 단기간에 끝내고 싶어 하는 것을 눈치챘다.

그는 그 이유가 동대륙에 있음을 알기에 희생이 있을 걸 알면서도 따를 수밖에 없었다.

"모든 것은 폐하의 뜻대로……."

마르크스는 얼마 전 불의 신전에서 구한 목걸이를 한 손으로 꽉 쥐면서 황제를 생각했다.

　밑바닥 삶을 전전하던 자신들을 구원해 준 성자를 생각하며 자신의 임무를 위해 바삐 움직였다.

　새로이 만들어진 트리아와 삼국의 자유 무역도시인 그리햄까지 생기면서 오랜만에 제국 남부에 활기가 돌기 시작했다.

　반면에 서대륙 북부의 상황은 최악이었다.

　겉으로나마 평화로운 상황을 만든 남부와 다르게 성국과 제국의 상황은 여전히 좋지 못했다.

　게다가 마침내 성국에서도 일이 터지고 말았다.

　"성하."

　"아직은 아닙니다."

　자신을 부르는 태양검의 말에 교황이 단호하게 고개를 저었다.

　"그대는 벽을 넘는 데 주력하세요."

　"……알겠습니다."

　로만인지 흑마법사인지 모를 세력에 의해 만들어진 모종의 세력이 성국 내부에서 세력을 불려 가고 있었다.

　이미 혁명 세력이 내부에 침투한 지 오래였지만 그들과 다른 점은 대부분이 평신도에 불과한 혁명 세력과 달리 이번 세력에는 주교급 인원이 다수 포함되어 있다는 것이다.

심지어 몇몇 추기경마저 그들에게 합류했다는 첩보를 들었다.

이것을 알고 있음에도 가만 놔두는 건 뿌리가 어디인지를 아직 알지 못했기 때문이다.

"저들이 온전히 모습을 드러낼 때까진 절대 우리가 알고 있음을 티 내서는 아니 됩니다."

교황의 당부에 친교황파의 추기경들과 성기사단장들이 고개를 숙였다.

어쩌면 마지막이 될지도 모를 전쟁을 앞두고 썩어 버린 내부를 정리하기 위해선 내부의 적들이 모조리 모습을 드러내야 했다.

그걸 위해서 온갖 굴욕을 참아 내며 때를 기다리는 교황.

그렇게 삼국이 마지막 때를 위해서 인내의 시간을 다지고 있을 때, 제국은 정신없이 발전하고 있었다.

❈

"그리햄의 발전 속도는 어떻지?"

"세일럼보다 빠르옵니다."

카리엘의 물음에 그리햄의 발전 상황을 보고하는 재무대

신.

보고서를 받아 든 카리엘이 재무대신을 바라보며 물었다.

"우리가 계획한 때는 언제쯤 가능할 것 같나?"

"늦어도 20개월, 빠르면 1년이 채 지나기 전에 일이 터질 것 같습니다."

"준비 기간으로는 충분하군."

재무대신의 설명에 카리엘은 만족스러운 표정을 지었다. 당초에 예상한 것보다 1년 이상을 앞당긴 것이기 때문이다.

제국이 준비할 시간을 벌고, 서대륙의 통일 작업까지 앞당길 수 있는 계획이 순조롭게 흘러가자 이제야 한시름 놓았다는 듯 미소를 짓는 카리엘.

그런 카리엘의 미소를 보면서 재무대신 역시 웃었다.

"이대로만 가지."

"예."

황제의 칭찬에 활짝 웃은 재무대신.

실로 오랜만에 받은 칭찬에 그는 그날 술을 마시면서 동료 대신들에게 그 사실을 자랑했다.

그러자 은근히 그런 그를 부러워하는 내무대신과 군부대신.

이 계획의 수립자인 외무대신과 그리햄의 무역도시를 정상 궤도로 올린 재무대신은 칭찬을 받았으나 아직 그들은 받지 못했기 때문이다.

"부럽나?"

"부러울 리가……. 내 나이가 몇인데."

외무대신의 말에 코웃음 치는 내무대신.

하지만 그의 눈은 어느새 황제에 대한 서운함으로 가득 차 있었다. 그리고 그건 군부대신 역시 마찬가지였다.

그런 서운함은 부하들의 닦달로 이어졌고, 관료들이 더 바삐 움직이게끔 하는 원동력이 되고 말았다.

카리엘이 의도하진 않았으나, 각 부처마다 은근히 경쟁의식이 생기기 시작하면서 스스로 야근을 하기 시작한 것이다.

중앙 관료들이 바삐 움직이니 지방 관료들 역시 조금이라도 더 움직이게 되면서 제국의 발전이 더 가속화되기 시작했다.

이런 선순환을 통해 제국의 개혁의 핵심인 세일럼과 그리햄의 발전은 더 빨라졌고, 그로 인해 제국 전역에 깔리는 유통망 역시 좀 더 빠르게 완성되어 갔다.

그리고 마침내, 제국과 삼국이 기다리던 시간이 도래했다.

"폐하! 그리햄에서 혁명 세력이 모여들기 시작했습니다!"

타리온의 보고에 카리엘이 벌떡 일어났다.

그리햄이 만들어진 지 1년.

기다리던 혁명 세력의 준동이 시작된 것이다.

그리햄에서 촉발된 대전쟁!

마침내 기다리던 일이 발생하고 말았다.

각국의 혁명 세력들이 그리햄으로 모여들면서 대규모 시위가 벌어지기 시작했다.

지금까지 억압되어 있던 것들이 폭발하듯 엄청난 숫자가 모여들었고, 이 상황을 해결하기 위해 마르크스가 직접 그리햄으로 향했다.

혁명 세력이 원하는 바를 최대한 들어주겠다며 협상을 하는 마르크스.

하지만 이들의 분노는 애초에 제국을 향한 것이 아니었다.

지금도 혁명 세력을 최대한 기용하면서 제국 각 지역에서 일어나는 문제를 해결하기 위해 최선을 다하는 제국에 무슨 불만이 있을까?

그들의 불만 대부분은 남부 왕국들에 있었다.

"결국 일어나고 말았군."

로테온 국왕이 미루고 싶었던 일이 일어나고야 말자 체스터 후작에게 말했다.

"모든 귀족들을 소집하시오."

"예, 전하."

마침내 로테온이 움직이기 시작했다.

기다렸다는 듯, 귀족들을 소집하고 중앙으로 병력을 집결시키기 시작했다.

물론 이 모든 일은 비밀리에 이루어졌다.

그러자 그에 발맞추듯 탈로스 역시 병력을 모았다.

지난 1년 동안 놀고 있던 것만은 아니라는 듯, 중앙에 모든 물자를 집결시켰다.

비록 대대적인 숙청과 국내에 남아 있는 수많은 범죄 조직들을 박살 내면서 군사력을 소모했다지만, 탈로스는 아직 죽지 않았다.

···

"폐하! 로테온과 탈로스가 움직이기 시작했습니다."

"그럼 우리도 움직여야지."

타리온의 보고에 카리엘 역시 곧바로 군부대신을 불렀다.

"변경백들을 소집해라."

"북부 변경백도 소집할까요?"

군부대신의 물음에 카리엘이 작게 고개를 끄덕였다.

일단 모든 변경백을 불러 모아 계획을 세세하게 수정할 필요가 있었기 때문이다.

"이제 시작인가?"

그렇게 중얼거린 카리엘이 한숨을 쉬었다.

고작 1년.

상당히 긴 시간이었지만 한 국가가 무언가를 하기엔 굉장히 짧은 시간이었다.

웬만한 국가들이었다면 전쟁 후유증조차 치유하지 못하고 빌빌거리고 있을 시간.

하지만 제국은 달랐다.

제국 전역이 전쟁으로 피폐해져 있었지만 곧 엄청난 개혁으로 인해 빠르게 발전하면서 무너진 건물들은 더 큰 건물로 지어지고, 전쟁으로 직장을 잃었던 사람들은 더 많은 돈을 받으면서 바쁘게 움직였다.

지난 1년 동안 이루어진 것 중 가장 큰 것은 바로 동부와 서부를 바로 관통하는 철도 건설이었다.

동시에 수많은 비공선들이 만들어지면서 물류망이 급격하게 커져 갔고 제국의 발전이 가속화되었다.

상인들도 이것이 다시없을 기회임을 알기에 비축해 두었던 모든 자금을 털어서 사업권을 따냈고, 그 돈은 다시금 제국의 발전을 위해 쓰였다.

그러는 동안 엄청난 양의 세금이 거둬들여졌고, 그 돈 중 상당수가 전쟁을 대비하기 위한 자금으로 쓰였다.

그리고 그 결과는 지금 카리엘의 손에 들린 한 장의 보고서에 담겨 있었다.

북부군 - 완편

남부군 - 완편

동부군 - 70%

서부군 - 60%

중앙군 - 80%.

1년이란 시간 동안 군부를 완편하기 위해 애썼으나 결국 가장 중요한 북부군과 남부군만 완편하는 것으로 만족할 수밖에 없었다.

불만족스러운 결과에 인상을 찡그린 카리엘이었으나 어쩔 수 없음을 스스로가 잘 알기에 한숨만 쉴 뿐이었다.

동부군 같은 경우 제국에서 가장 빠르게 신규 무기를 도입하느라 어쩔 수 없었다지만, 서부군은 그것도 아닌데 동부군보다 더 심각한 상황에 한숨만 나왔다.

"서부군이 문제네."

하지만 서부의 상황을 보면 그럴 수밖에 없었다.

흑마법사의 화산 폭발 사건부터 벨푸르스와의 전쟁, 그리고 아이론의 내전에까지 동원되며 가장 많은 피해를 입었음에도 빠르게 병력을 충원할 수 없었던 이유는, 제국이 발전하는 핵심 동력 중 하나가 바로 서부였기 때문이다.

동부와 서부를 잇는 철도부터 물류망 구축에 많은 인원이 필요했기에 병력 충원이 계속 미뤄질 수밖에 없었고, 결국 반토막 난 군대를 약간 충원하는 정도에 만족할 수밖에 없었던 것이다.

"일단 이것으로 만족해야겠지."

어차피 카리엘의 목표는 서대륙 통일 이후에 맞춰져 있었다.

그렇기에 지금의 부족한 점은 동대륙에 개입하기 전까지만 채워지면 그만이었다. 카리엘에게 남부 왕국들과 성국과의 전쟁은 거쳐 가는 소소한 이벤트에 불과했기 때문이다.

그동안 대신들과 비밀리에 회의를 거친 결과, 제국에 큰 피해 없이 남부 왕국들을 집어삼킬 수도 있다는 결론이 도출된 터라 그렇게 생각할 수밖에 없었다.

"폐하, 트리아 총독이 보낸 비밀 서신이옵니다."

시종장이 조심스레 비밀 서신을 가져오자 카리엘은 그것을 곧바로 봉투에서 꺼내 펼쳤다.

"예상보다 더 반응이 좋군."

혁명 세력이 집단으로 반발하는 지금.

카리엘은 예상했던 것보다 그 불길이 빠르게 퍼져 나가는 것을 보며 만족스러운 표정을 지었다.

이미 지난 1년간 귀족들은 혁명 세력과 어느 정도 합의를 이끌어 내었기에 이 불길은 온전히 남부 왕국에서만 집중적으로 번져 나가고 있었다.

그런데 그 속도가 카리엘이 예상했던 것보다 훨씬 빨랐다.

"로테온은 의외인데?"

카리엘이 고개를 갸웃거렸다.

로테온이 귀족들을 설득했다는 사실은 잘 알고 있었다.

그걸 위해서 인위적으로 혁명 세력이 준동하는 것을 눈감아 주고 있다는 사실까지 타리온을 통해 보고를 들었었다.

하나 그걸 감안해도 속도가 너무 빨랐다.

"전혀 견제를 하지 않는다라……!"

마치 한 방을 위해 모든 것을 끌어모으는 듯한 느낌이 들었다.

"재밌네. 뭘 준비했으려나……!"

로테온이 준비한 한 방이 무엇일지 너무 궁금했다.

이 정도까지 희생을 감수한 것이라면 단순히 군대를 집결시키는 것 이상으로 뭔가를 준비했다고 봐야 했다.

서대륙의 남은 삼국이 무엇을 준비했을지 기대감을 품은

채 카리엘은 남부에서 들어오는 소식에 귀를 기울였다.

그러는 동안에도 남부의 혁명 세력은 빠르게 움직였다.

＊

커질 대로 커진 세력은 남부 곳곳을 돌아다니면서 귀족들의 횡포에 저항하기 시작했다.

그럼에도 불구하고 탈로스와 로테온은 아무런 반응을 하지 않았다.

그동안 사력을 다해 혁명 세력을 억압했던 것과 다르게 조용히 귀족들을 중앙으로 끌어모으고 있었다.

언제 전쟁이 터져도 이상하지 않을 상황.

남부의 두 국가가 혁명 세력을 공격하는 그 순간, 제국은 명분을 앞세워 두 국가를 공격할 것이다.

실제로 제국은 그 순간을 기다리며, 대놓고 남부 왕국들 안에 자치권을 들먹이면서 일어나는 혁명 세력을 지원해 주었다.

그럼에도 불구하고 반응이 없는 남부 왕국들.

"무얼 원하는 거지?"

상황이 이렇게 되었음에도 별다른 반응이 없는 것을 보고 고개를 갸웃거리는 카리엘.

바로 그때, 시종장이 조심히 들어왔다.

"폐하, 변경백들이 도착했사옵니다."

시종장의 말에 카리엘이 작게 고개를 끄덕이며 대신들과 함께 들라고 명령하고는 회의장으로 향했다.

황제의 궁에 마련된 회의장 중앙에 앉아 기다린 지 얼마 되지 않아 변경백을 비롯한 대신들이 안으로 들어왔다.

"폐하를 뵙습니다."

"다들 바쁜 몸이니 길게 끌 거 없이 바로 시작하지."

그렇게 말한 카리엘이 영상구를 틀었다.

"상황이 우리 예상보다 빠르게 흘러가고 있네."

카리엘의 말에 다들 심각한 표정으로 고개를 끄덕였다.

"대응이 없다는 건 저들이 한 방을 준비하고 있다는 건데…… 그것만으로는 설명이 안 되는 부분이 있는 것 같은데."

"그런 듯싶습니다."

남부 사령관이 확신에 찬 표정으로 말하자 다들 고개를 끄덕였다.

"타리온, 추가적인 정보는 없어?"

"예, 깔끔합니다."

"그러니 더 의심스럽군."

로테온이 깔끔하다?

깔끔함과 가장 어울리지 않는 국가인 로테온이기에 뭔가를 준비하고 있다고 봐야 했다.

그것이 무엇일까?

"폐하, 정 껄끄럽다면 함정을 파 보시지요."

"함정?"

남부 사령관의 말에 다들 고개를 갸웃거렸다.

그러나 이내 그의 계획을 듣고는 하나같이 무거운 표정을 지었다.

"너무 위험하오."

데이비어 공작의 말에 다들 고개를 끄덕였다.

반면에 카리엘은 재밌다는 듯 미소를 지었다.

"아직 월크셔 공작이 마도사가 되었다는 공식 발표는 없었지."

그렇게 중얼거린 카리엘이 피식 웃었다.

"저들은 아직 폐하의 힘을 정확히 파악하지 못하고 있습니다. 또한 천재의 힘 역시 완벽히 가늠을 못 하고 있지요."

남부 사령관의 첨언에 다들 고개를 끄덕였다.

"해 보지."

"폐하!"

다들 놀란 표정으로 카리엘을 불렀으나 그런 그들을 제지하고는 단호하게 말했다.

"짐의 안전을 핑계로 시간을 끌기엔 멀리 왔다."

"폐하, 제국에서 폐하의 안전보다 중요한 건 없사옵니다. 이는 단순히 폐하께서 황좌에 앉아 계신 것이 아니라 정말 제국의 중심에 서 계셔서 하는 말이옵니다."

재상의 말에 다들 고개를 끄덕였다.

"설령 전쟁에 이긴다고 한들 폐하의 안위에 문제가 생긴다면 제국의 패배이옵니다."

군부대신마저 반대하자 카리엘이 조용히 자신의 옆에 서 있는 황궁 기사단장을 바라보았다.

"경이 말해 보게."

"신은…… 괜찮을 것 같사옵니다."

아켈리오의 말에 모두들 두 눈을 크게 뜨며 그를 바라보았다. 항상 황제의 안전을 최우선적으로 생각해 왔던 그였다. 그런 그가 이번 작전을 찬성하니 다들 놀랄 수밖에 없는 것이다.

"경! 그게 무슨……!"

"제국의 천재라면 소신의 빈자리를 채우기엔 충분할 것 같습니다."

아켈리오의 말에 데이비어가 말도 안 된다는 표정으로 말했다.

"설령 벽을 넘었다 한들 경험의 차이가……!"

데이비어 공작이 말을 하다 말고 멍하니 아켈리오를 바라보았다.

그의 표정엔 씁쓸한 미소가 지어져 있었다.

"때론 압도적인 재능이 시간을 뛰어넘는다는 말이 있었소만…… 믿지 않았소이다."

아켈리오가 그렇게 말하고선 한숨을 쉬었다.

"어쩌면 신화시대에 기록된 말이 전부 사실일지도 모르겠소."

과거 용을 베어 죽인 영웅이나 신과 자웅을 겨루었던 영웅들은 태어날 때부터 예사롭지 않았다.

십 대의 나이에 마스터에 오르고, 삼십이 되기 전에 그랜드 마스터가 되었으며, 끝내는 신의 반열에 올랐다는 전설적인 인물들.

현대의 역사학자들은 영웅의 업적을 기리기 위해 다소 과장되었다는 평가가 지배적이었다.

하지만 아켈리오는 그 기록들이 전부 사실일 가능성이 높다고 본 것이다.

누구보다 냉철하기로 소문난 그가 이런 말을 하자 서대륙 최강으로 불리는 시카리오 후작마저 흥미롭다는 표정을 지으며 그를 바라보았다.

호승심을 드러내는 시카리오 후작을 보면서 피식 웃은 카리엘이 모두를 돌아보며 말했다.

"그럼 다들 찬성한 것으로 알고 계획을 시작하지. 타리온."

"예, 폐하."

"기존 계획과 병행하도록."

"알겠습니다."

카리엘의 명령에 타리온이 고개를 숙이며 대답하자 변경

백을 비롯한 대신들이 새로운 계획을 실행하기 위해 궁을 나섰다.

그리고 며칠 후, 두 왕국의 수도까지 번진 불길이 마침내 문제를 일으켰다.

왕궁까지 쳐들어가는 시위대를 강제로 막아서면서 대규모 학살이 일어난 것이다. 그 안에는 혁명 세력을 이끌기 위해 잠입한 제국민도 있었다.

막대한 사상자가 나오자 이 순간을 기다리고 있던 제국은 그 즉시 군대를 일으켰다.

-제국민을 탄압한 탈로스와 로레온을 징치하겠다!

무고한 제국민이 죽었다는 이유를 들며 들고일어난 제국의 군대.

그러자 남부 왕국들도 그 즉시 반응했다.

주요 요새에 군대를 집결시키고 걸어 잠근 것이다.

동시에 성국이 동맹국을 지킨다는 명분으로 군대를 일으켰다.

마침내 서대륙의 대전쟁이 시작된 것이다.

가장 먼저 움직인 것은 남부군이나 북부군이 아니었다.

이그니트 연방으로 새로이 합류한 아이론 연맹이었다.

아이론은 해군을 움직여서 제국 서부군과 함께 로테온을 압박하기 시작했다. 그러자 이를 저지하기 위해서 로테온의 해군이 움직였다.

당장이라도 전투를 벌일 것처럼 대치했으나 전투는 벌어지지 않았다.

아이론과 로테온 모두 직접적인 전투는 피하면서 소규모 전투가 벌어졌다.

그러자 제국의 남부군이 탈로스의 접경 지역으로 군을 움직이기 시작했다. 동부군이 움직일 것이라는 당초의 예상과 달리 제국의 동부군은 오히려 공국으로 움직였다.

"로만의 개입을 철저히 봉쇄하겠다는 것이군."

피레스 공작이 미간을 찌푸렸다.

"아이론 해군에 살바토르가 없는 건 확실한가?"

"예, 확실합니다."

"그렇다면 살바토르가 정말로 공국으로 향했다는 말인데……."

피레스 공작이 심각한 표정을 지었다.

제국 동부군에 이어 아이론의 마스터인 살바토르까지 공국으로 간다.

그것은 로만으로 인해 이번 전쟁을 방해받을 생각이 없다는 제국의 의지를 드러낸 것이다.

아직 젊기에 경험이 부족한 살바토르를 공국으로 보내면서 제국의 두 마스터들을 남부 원정에 투입시킨다.

이것이 제국이 노리는 바였다.

"……예상대로인가?"

제국은 급할 것이 없었다.

전투를 벌여도 제국이 우위에 있을 것이고, 그렇다고 옥쇄를 각오하고 버틴다 한들 국토 전역에 들끓는 혁명 세력을 제어하지 못해 무너질 것이다.

결국 여유가 있는 것은 제국 쪽이었다.

그렇기에 로테온은 비장의 한 수를 준비했다.

"저들이 우리의 의도를 알아챘을 가능성은?"

"희박합니다. 저희도 그들과 접선한 것은 단 한 번뿐입니다."

정보부 요원의 말에 피레스 공작이 한숨을 쉬었다.

전쟁은 이미 시작되었다.

그렇게 더는 물러설 수도 없었던 찰나에 찾아온 손님. 지금 로테온이 믿는 건 그들뿐이었다.

물론 이 작전은 철저하게 로테온만 알고 있는 것이었다.

탈로스야 내부에 어떤 첩자가 있을지 알 수 없으니 배제했고, 성국 역시 배제할 수밖에 없었다.

그들의 손님은 성국 입장에서는 절대로 용인될 수 없는 존재이기에 비밀리에 작전이 이루어지고 있었다.

"황제만 죽는다면 이 싸움은 우리의 승리다."

피레스 공작이 그렇게 말하면서 눈을 빛냈다.

로테온이 나름의 준비를 하는 동안 탈로스 역시 뼈를 깎는 심정으로 모든 것을 걸고 준비를 했다.

"틈을 보이는 순간 치고 들어가야 하오."

"예."

탈로스 국왕의 말에 클레타 공작이 고개를 숙이며 대답했다.

그들의 목표는 제국이 흔들리는 순간이었다.

본격적으로 전쟁이 시작되면 그들이 준비한 비밀 거점에서 비밀 병기가 튀어나올 것이다.

그것이 제국의 동부를 혼란하게 만들 것이고, 그 순간 탈로스의 밀약이 빛을 발할 것이다.

"부디 이 왕국에 신의 축복을……."

국왕의 말에 클레타 공작 역시 말없이 고개를 숙이며 신에게 기도했다.

본격적으로 서대륙의 미래를 건 전쟁이 시작되자 제국의

황궁 역시 바빠졌다.

준비해 왔던 그대로 작전을 진행했으나, 전쟁이란 건 언제나 예상하지 못한 일이 벌어지고는 했다.

"문제는?"

"아직까진 없습니다."

카리엘의 물음에 군부대신이 고개를 숙이며 답했다.

"혼란은?"

"제국 내 소란은 거의 없는 상황입니다."

"경제 상황은?"

"예상 가능한 범위입니다."

내무대신과 재무대신이 차례로 답하자 고개를 끄덕였다.

모든 게 예정대로다.

그렇기에 더 불안했다. 남부 왕국들이 준비한 비수를 확인하기 전까진 만약의 상황을 대비해야만 했다.

"재상."

"예, 폐하."

"사전에 말했던 대로 동생들과 함께 떠날 준비를 하게."

카리엘의 명령에 재상의 표정이 굳어졌다.

"폐하."

"만약의 상황을 대비해야 해."

카리엘의 명령에 재상이 입술을 깨물었다.

이미 작전은 진행되었다.

그렇다면 만약의 상황을 대비하는 게 맞았다.

"……알겠습니다."

재상이 고개를 숙이자 작게 고개를 끄덕인 카리엘이 타리온을 바라보았다.

"로만의 움직임은?"

"아직 없습니다."

"후…… 수상한데. 공국에서 연락이 없었지?"

"예."

분명 로만이 움직여야 할 타이밍이었다.

그럼에도 불구하고 잠잠했다.

윙사르 쪽 정보망은 물론이고 동대륙에 심어 놓은 첩자들을 통해 알아본 결과 깨끗했다.

"흑마법사들은?"

카리엘의 물음에 이번에도 타리온이 고개를 저었다.

서대륙의 대전쟁에서 가만히 있을 리 없는 세력들이 잠잠하다는 것은 뭔가를 감추고 있다는 뜻이다.

그것이 무엇인지 미리 알았으면 좋겠지만, 마지막까지 숨기려는 듯싶었다.

"아쉽군."

결국 전쟁이 본격적으로 시작되기 전까지 저들의 의도를 알 수 없다는 것에 카리엘은 한껏 아쉽다는 표정을 짓고는 현 상황을 다시 한번 체크했다.

데이비어 공작과 중앙군은 탈로스를, 아켈리오 후작과 황궁 기사단은 남부군과 함께 로테온을 막기 위해 움직인 상황이다.

그리햄을 예의 주시하고 있던 정보부를 통해 혁명 세력이 집결한다는 소식을 듣자마자 국경으로 병력을 집결시켰기에 언제라도 탈로스와 로테온의 국경선을 넘을 수 있었다.

그럼에도 불구하고 여전히 국경 근처에 있는 것은, 두 왕국이 뭘 준비했을지 알 수가 없었기 때문이다.

"문제는 성국인데…… 태양검이 마스터가 되었을 확률은?"

"7할 이상입니다."

타리온의 대답에 카리엘이 한숨을 쉬었다.

"월크셔 공작의 승산은?"

"예상하기 힘듭니다만…… 불리할 거라 예측됩니다."

태양검이나 월크셔 공작이나 마스터에 오른 지는 얼마 되지 않았다.

하지만 똑같은 초입의 경지라면 신성력이 있는 태양검이 유리했다.

마도사는 자신만의 가공된 마력이 필요한 데 반해 신성력을 사용하는 자들은 다른 신성력을 받아들이는 데 크게 거부감이 없었다.

태양검 역시 마스터에 올랐기에 오러를 사용하기는 하지

만 신성 마법도 일부 사용할 수 있었다.

그렇기에 성물을 이용한다면 힘이 빠졌을 경우 신성 마법을 사용하여 변칙적인 공격이 가능했다.

"성물이라……."

"그래도 시카리오 후작이 있으니 균형은 맞을 것이옵니다."

현시점 서대륙 최강인 시카리오 후작.

교황보다 우위에 있는 그의 무력이라면 어느 정도 균형을 맞춰 줄 수 있을 것이다.

"그래도 걱정되는군."

모든 게 계획대로 되지는 않는다는 것은 전생에 뼈저리게 겪어서 잘 알고 있었다.

항상 부족한 전력으로 아등바등 살림을 꾸려 가야 했기에 카리엘에게 전력 보존이 최우선이었다.

진짜 전쟁도 아니고 고작 서대륙 국가들과의 전쟁에서 소중한 전력을 소모할 수는 없었다.

"최대한 시간만 끌라고 해."

"예."

다시 한번 북부군에 당부의 말을 전한 카리엘은 가만히 생각에 잠겼다.

성국이나 제국이나 서로의 전력은 어느 정도 알고 있었다.

제국에 혜성처럼 나타난 천재.

글렌이라는 강력한 검을 숨기기 위해 카리엘은 월크셔 공작을 팔았다.

카리엘의 도움으로 벽을 뚫은 월크셔 공작이 비밀리에 북부군으로 움직였다는 정보를 살짝 흘리면서 동시에 글렌이 아직 폐관 수련에서 끝나지 않았다고 흘린 것이다.

- 제국의 비밀 무기는 아직 완성되지 않음.

정보부가 성국의 첩자를 색출해서 얻은 보고서의 내용이었다.

글렌이 아직 마스터가 되지 못했고, 제국은 그가 벽을 완전히 뚫기만을 기다리고 있다는 듯한 보고서였다.

그리고 이 내용은 남부 왕국들에게도 공유되었다.

즉, 남부 왕국들과 성국은 제국이 글렌이 마스터가 오르기를 기다리고 있다고 생각하고 있는 것이다.

삼국이 생각하는 제국의 전략은 크게 세 가지였다.

1. 글렌의 마스터 각성
2. 혁명 세력의 남부 장악
3. 회유책

장기전은 무조건 제국이 유리한 상황.

혁명 세력을 이용해 분열을 일으키고 삼국 내부에 이간책을 쓰는 것.

동시에 글렌이 마스터가 될 시 대대적으로 홍보하면서 분열을 가속화시키는 것이 제국의 전략이었다.

물론 전체적으로 보면 맞는 말이긴 했다.

그러나 큰 함정도 존재했다.

"앞으로 남부 왕국들을 중심으로 감시해."

"예, 폐하."

카리엘의 명령에 고개를 숙이며 대답하는 타리온.

전쟁이 시작되기 전까지 카리엘은 성국을 집중적으로 팼다.

그리햄을 통해 남부 왕국들에 혼란을 주는 데 성공하면서 성국을 중심으로 정보부를 이용했다.

첩자를 집어넣고 혁명 세력을 이용하고 막대한 뇌물 공세를 펼쳤다.

본래라면 씨알도 먹히지 않았을 작전이지만 로만과 흑마법사들에게 고위 사제들이 포섭되면서 빈틈이 생긴 것이다.

덕분에 성국에 관해선 확신할 수 있었다.

'성국의 비수는 태양검 하나뿐이다.'

이런 확신 덕분에 카리엘은 성국에 관해선 걱정을 덜었다.

북부군이 잘 막아 준다는 가정하에 다른 부분은 걱정할 필요가 없어졌다.

오히려 성국은 내부를 걱정해야 할 판국이다.

제국과 전쟁을 시작한다면 내부에 불온한 움직임을 보일 자들이 한둘이 아니었기 때문이다.

결국 마지막까지 남부 왕국들의 숨겨진 한 수를 파악하지 못한 채, 제국군이 국경을 넘었다.

그럴 수밖에 없었던 것이 그리햄의 상황이 좋지 않았기 때문이다.

혁명 세력의 본거지나 다름없게 되어 버린 그리햄에서 남부 왕국들 쪽으로 대규모 시위행진이 시작되었다.

"혁명! 혁명!"

수많은 사람들이 혁명을 외치면서 행진했고, 많은 사람들이 모여서일까?

본래라면 관심 가지는 것조차 두려워하던 사람들이 하나둘 이 행렬에 합류하기 시작했다.

그리햄으로부터 시작된 2개의 거대한 행렬.

양국의 수도를 향해 움직이는 혁명 세력의 행진에 신분제에 불만을 갖던 사람들이 하나둘 합류하면서 엄청난 숫자의 사람들이 모이게 되었다.

그러자 이걸 막기 위해 소수나마 남아 있었던 왕국들의 국경 수비대가 움직였고, 귀족들의 사병까지 동원되었다.

자신들의 영지에 있는 영지민들이 빠져나가니 막으려는 귀족들도 나타났다.

그 과정에서 수많은 사람들이 희생되었고, 전보다 훨씬 많은 제국민들이 희생되자 결국 제국군이 국경을 넘을 수밖에 없게 되었다.

"제국군이 국경을 넘었습니다. 시위대와 함께 수도로 진격해 오고 있습니다."

"최대한 시간을 끌어라!"

로테온 군부의 명령은 단 하나였다.

최대한 시간을 끌라는 것.

그에 반해 탈로스는 어떠한 명령도 없었다.

알아서 판단해서 행동하라는 것.

박멸했다고 생각되었던 범죄 집단들이 다시 기승을 부리는 통에 명령 체계조차 제대로 작동하지 않았기에 어쩔 수가 없었다.

두 왕국 전부 행정 체계가 무너지면서 혼란에 빠지자 이것을 수습한 것이 제국군이었다.

-마적 떼를 격파한 제국군! 탈로스의 구원자?
-로테온의 국민들에게 보급품을 나눠 주는 제국군.

두 왕국들이 해야 할 일을 대신하면서 국민들의 환심을 사는 제국군.

그 때문일까? 이제까지는 혁명 세력이라 하면 제국이 남부 왕국을 집어삼키기 위해 잠입시킨 존재들이라고만 생각했던 왕국의 국민들이 생각을 바꿔 먹었다.

"이럴 거면 차라리 제국에 흡수되는 게 낫겠어."

"이게 나라냐?"

"혁명을 하자! 우리도 합류하자고!"

마지막까지 왕국에 대한 충성을 지키던 자들까지 너도나도 혁명의 물결에 합류하기 시작하면서 탈로스와 로테온의 지방은 제국에 집어삼켜지다시피 했다.

이대로 시간이 지난다면 자연스레 제국의 영토가 되어 버릴 터.

그럼에도 불구하고 두 왕국은 잠잠했다.

마치 무언가를 기다리고 있기라도 하는 듯, 각국의 수도를 중심으로 뭉쳐서 제국군을 기다릴 뿐.

남부의 상황이 제국에게 유리하게 흘러가는 동안 성국과 제국군은 격렬한 전투를 이어 나갔다.

"반드시 버티시오."

시카리오 후작의 말에 작게 고개를 끄덕이는 월크셔 공작.

힘든 싸움이 될 것임을 알기에 월크셔 공작은 이를 악물면서 태양검을 상대하기 위해 마력을 끌어 올렸다.

몇 번의 전투를 겪으면서 태양검이 우위에 있다는 것을 확인했기에 모든 자존심을 내려놓고 마법 병단과 함께 태양검의 성기사단의 발을 묶는 데에만 전념했다.

그 때문일까?

성국이 자랑하는 팔라딘들이 발이 묶인 채 전투 상황은 큰 피해 없이 지지부진하게 흘러갔다.

이대로라면 제국이 원하는 대로 장기전으로 흘러갈 가능성이 높은 상황.

바로 그때, 기다리던 로테온의 한 방이 시작되었다.

숨겨진 한 방!

제국의 수도.

유구한 전통을 자랑하는 아우네트의 상공에 수상한 존재들이 나타났다.

그러자 만약을 대비해 만들어 둔 비공선들이 그 즉시 날아올랐다.

거의 대부분의 비공선들이 제국의 물류망을 만들기 위해서 투입되었지만 일부는 제국의 수도를 지키기 위해 무장을 갖춘 군사용 무기로 사용되었다.

마도포와 마도구를 탑재한 비공선들이 제국의 상공을 지키기 위해 날아오르는 순간, 구름 너머에 있던 수상한 존재들이 일제히 제국의 수도를 향해 하강하기 시작했다.

"적이다! 적이 나타났다!"

절대 침범당할 리 없을 거라 생각했던 제국의 수도에 적이 나타났다.

그러자 중앙군이 패닉에 빠지면서 미친 듯이 적이 왔음을 알리기 시작했다.

땡! 땡! 땡!

적이 나타났음을 알리는 종소리가 울려 퍼지고 수도에 있던 제국민들은 너도나도 건물 안으로 들어가 몸을 숨겼다.

그렇게 광장을 비롯한 주요 도로가 싹 비워지자 중앙군이 움직였고, 치안대는 혹시라도 남아 있는 제국민들을 튼튼한 건물로 안내했다.

미리 만약을 대비하는 연습을 해 두었기에 가능한 일.

그렇게 수도가 갑작스러운 적습에 대응하는 동안 황궁 역시 빠르게 움직였다.

"폐하! 피하셔야 하옵니다."

시종장의 다급한 말에 카리엘이 고개를 끄덕였다.

동생들이나 재상처럼 미리 피하는 게 아닌 이상 현시점에선 황궁이 제일 안전했다.

그렇기에 황궁에 마련된 비밀 대피소로 가기 위해 움직였다.

바로 그때, 황궁의 결계를 두드리는 폭음이 들려왔다.

콰아아앙!

수도의 결계를 뚫은 검은 빛줄기 세례가 황궁의 결계마저 두드리면서 균열이 일어나기 시작했다.

"폐하!"

멀리서 황급히 달려오는 타리온을 향해 카리엘이 손을 들었다.

"진정해라. 황궁 기사들을 불러 모아 대응해."

"폐하의 안위가 먼저……."

타리온의 말에 카리엘이 슬쩍 눈짓을 했다.

그러자 카리엘의 주변으로 모여드는 친위대.

전원 6단계를 코앞에 두고 있는 친위대들이 카리엘의 주변에 서 있자 한숨을 쉰 타리온이 고개를 숙이고는 사라졌다.

그리고 얼마 후, 호각 소리와 함께 황궁 기사들이 한곳으로 집결하기 시작했다.

그와 동시에 견고했던 황궁의 결계가 부서져 내렸다.

키에에엑!

"블랙 와이번인가? 아니, 그것보다 큰데. 드레이크?"

카리엘의 곁을 지키는 브리온이 고개를 갸웃거렸다.

몬스터 외과의사라 불리는 브리온조차 갸웃거리게 할 만큼 특이한 개체였다.

하지만 카리엘은 저것들의 정체를 잘 알고 있었다.

전생에 지긋지긋하게 보아 왔고, 한때 자신의 목숨을 위협했던 놈들.

"마룡들이군."

"마……룡? 저게 마룡입니까?"

카리엘의 말에 브리온이 멍하니 하늘을 바라보았다.

책으로만 보았던 존재의 실물을 본 브리온이지만 흥분은 커녕 표정만 찡그렸다.

언제나 새로운 몬스터를 보면 흥분하는 그조차도 마룡의 끔찍한 기운은 역겨울 정도였다.

"시종장."

"예, 폐하."

"마법사를 불러서 저것을 영상구에 담도록."

"그리하겠으니 일단 움직이시지요. 여긴 많이 위험하옵니다."

어느새 황궁 마탑이 나서서 결계를 복구 중이긴 하지만 마룡들이 계속해서 난입하자 어려움을 겪고 있었다.

게다가 몇몇 마룡들 사이에서 뛰어 내리는 존재도 몇몇 있어 상황은 더욱 어려워졌다.

"폐하!"

"가지."

다급하게 말하는 시종장과 함께 황급히 대피소로 가는 카리엘.

그사이 황궁의 주요 거점을 중심으로 황궁 기사들이 집결하기 시작했다.

"막아라!"

"적들을 막아!"

황궁 기사들이 고래고래 소리를 치면서 근위병들을 닦달했고, 어느새 수도 방위군마저 합류하면서 황궁에 난입한 이들을 막아 내기 시작했다.

"저들을 잡아! 진입하게 두어선 안 된다!"

황궁 기사의 고함 소리와 함께 몇몇 이들이 복면을 쓴 암살자들을 막으려 했지만 날뛰는 마룡들 때문에 실패하고 말았다.

잠깐 동안 마룡에 묶여 있는 사이 사라져 버린 암살자들.

그들이 향하는 곳이 황제의 궁임을 깨달은 황궁 기사들이 사력을 다해 마룡들을 베어 내면서 황제의 궁으로 달려갔다.

갑작스러운 수도의 습격 소식에 제국 전역은 혼란에 빠졌다.

그리고 이 소식은 주요 통신망으로 순식간에 서대륙의 동쪽 끝 철벽의 요새에도 당도했다.

"황궁이 습격당했다고? 폐하는! 폐하께선 무사하신가?"

"아직 알 수 없습니다."

장교의 보고에 동부 변경백인 노펠 아이언이 이를 갈았다.

"대체 어떻게……."

"공중을 통해 공격해 왔다 합니다."

"마법사들은 뭐 하고! 마력으로 감시를……."

"탐지가 안 됐다고 합니다. 마룡으로 추정된다고 하는 걸 보아 고대의 마법 중 하나로 탐지 마법을 피한 것으로 보입니다."

부관의 보고에 노펠 아이언이 입술을 깨물었다.

"소식이 들려오는 대로 바로 보고하도록."

"예!"

노펠의 명령에 고개를 숙이고 사라지는 부관.

"공중이라……."

마룡이라면 동대륙에 있을 흑마법사나 그들이 소환한 마족들에 의한 군대일 가능성이 높았다.

그렇다면 자신의 책임이었다.

동대륙에서 제국까지 갈 동안 탐지조차 제대로 못하고 멍하니 길을 내준 것이나 다름없었기 때문이다.

문제는 노펠의 악재는 거기서 끝나지 않았다는 것이다.

마치 기다리기라도 한 듯 서대륙의 동부에서 급보가 날아왔다.

-다수의 골렘 군단. 제국 동부를 침공했음.

갑자기 탈로스의 국경 지대 부근에 나타난 엄청난 숫자의 골렘 군단.

그들이 비어 있는 제국의 국경 지대로 몰려들기 시작했다는 보고가 들어왔다.

　제국의 수도가 습격당했다는 소식이 사방으로 퍼지면서
그 소식을 들은 탈로스가 준비했던 회심의 한 수를 꺼내 든
것이다.

　그러자 공국에 가 있던 동부군이 그 소식을 듣고 황급히
제국으로 회군을 준비했다.

　"모두 서둘러라!"

　"예!"

　노펠 아이언의 명령에 황급히 동부 지역으로 갈 준비를 하
는 동부군.

　만약을 대비해서 동부군 일부를 남겨 두긴 했으나, 골렘들
의 숫자가 워낙 많아서 그들만으로는 막기는 역부족이었다.

　그렇기에 서둘러 골렘 군단의 전진을 막기 위해 회군할 준
비를 할 때였다.

　철벽의 요새를 지키는 샤르도나가 노펠을 향해 다급히 달
려왔다.

　"로만이 움직였소."

　철벽의 수문장인 샤르도나 후작의 말에 동부 변경백이 놀
란 표정을 지었다.

　"지금…… 말이오?"

　노펠의 물음에 샤르도나가 무겁게 고개를 끄덕였다.

　"어느 정도 수준이오?"

"로만의 전력의 40% 이상이 이곳에 투입될 것이오."

"그럴 리가……."

노펠이 그럴 리 없다는 표정으로 샤르도나를 바라보았다.

그렇다면 제국이 모를 리가 없었다.

동대륙에 뿌려 놓은 첩보망이 얼마인데, 로만의 전력의 절반에 가까운 병력이 움직이면 그 즉시 알아챘을 것이다.

게다가 웡사르가 그걸 가만히 두고 볼 리도 없었다.

그뿐만 아니라 로만의 국경이 비었다면 다른 국가들 역시 움직였을 것이다.

"설마……."

"로만과 손잡은 국가들이 생긴 것 같소."

정보 교란.

웡사르가 있긴 하지만 그쪽 방면만 그대로 둔다면 의심을 살 일은 줄어든다.

아무리 상인들이 정보가 빠르다지만 군부가 작정하고 속이려들면 알기 힘들다. 적어도 군대가 빈자리를 알기까지는 시일이 필요할 터.

로만은 그걸 노린 것이다.

"뒤는 골렘 군단에 앞은 로만이라……."

노펠이 한숨을 쉬며 고민에 빠졌다.

로만이 움직였다는 말을 듣는 순간 단번에 저들의 의도가 무엇인지 깨달았기에 군을 움직일 수가 없었다.

'우리가 빠지면 이곳을 전력으로 공격할 셈이야.'

마스터가 두 명이나 있지만 그렇다고 절대적으로 안전한 곳은 아니었다.

로만이 전력으로 요새를 공격하면 천하의 샤르도나조차도 버티기 힘들 것이다.

그렇다고 골렘 군단을 저대로 내버려 둘 수도 없었다.

"일단 1개 군단만 빼도록 하지. 그리고 중앙에 연락해서 동부의 상황을 알려."

"예!"

노펠의 명령에 고개를 숙이고 황급히 달려가는 부관.

그 모습을 가만히 지켜 보던 샤르도나가 노펠 아이언을 향해 물었다.

"가지 않아도 되겠습니까?"

샤르도나의 물음에 노펠이 작게 고개를 끄덕였다.

"최대한 버텨 볼 테니 처리하고 오시지요. 이대로 내버려 두면 세일럼도 위험할 겁니다."

제국의 핵심 항구인 세일럼마저 위험에 처할 수 있다는 경고에도 노펠은 고개를 저었다.

세일럼이 타격을 입는다면 아프긴 할 것이다.

그럼에도 불구하고 노펠은 철벽에 남는 선택을 했다.

세일럼이 중요하다 해도 철벽의 요새에 비할 바는 아니었다.

"이곳을 지킵시다. 골렘 군단은 나의 군대가 시간을 벌 것이오."

자신의 군대를 믿는다는 노펠의 말에 샤르도나가 무겁게 고개를 끄덕였다.

동부 변경백이 저렇게까지 말하면서 이곳을 지키고자 하니 자신 역시 그에 보답을 해야 했다.

언제나 그렇듯 목숨 걸고 이곳을 지키겠다 다짐하면서 몰려오는 로만의 군대를 기다렸다.

✳

성국의 침공.

골렘 군단의 침공.

로만의 공격.

서대륙의 동부의 북쪽부터 남쪽까지 살벌한 전쟁터가 되자 중앙으로 보고가 빗발치기 시작했다.

이미 북부군과 성국의 싸움이 시작된 지는 오래되었고, 동부의 급박한 상황까지 전해졌지만 제대로 명령이 하달되지 못했다.

제국의 수도 역시 상황이 급박했기 때문이다.

남부 왕국들의 비수가 하루 만에 연이어 제국을 찌르면서 혼란에 빠졌다.

"황궁은! 아직도 연락이 없는가!"

"예."

"제길! 빨리 저것들부터 뚫어! 황궁으로 내가 직접 들어간다."

수도 방위 군단장인 테르미스가 검을 뽑아 들고 직접 나섰다. 그럼에도 불구하고 수도 곳곳을 활개치고 다니는 마룡들을 뚫고 황궁으로 향하는 건 어려웠다.

중앙군이 수도 곳곳에 퍼진 마룡들을 막는 데 어려움을 겪는 동안 황궁 역시 상황이 어려웠다.

황궁 기사와 그림자, 황궁 마법사가 총동원되었음에도 불구하고 아직까지 정리되지 않을 정도로 마룡들이 끈질겼기 때문이다.

검으로 베고 마법으로 공격해도 쉽사리 상처를 입지도 않고, 설령 치명상을 입힌다 해도 완전히 죽이지 않으면 회복해서 다시금 날뛰었다.

그러는 동안 황궁의 가장 깊숙한 곳에 숨어 있던 카리엘을 암살자들이 찾아냈다.

"황제를 찾았다!"

그 말이 끝나는 순간, 암살자의 목이 잘려 나가면서 그대로 절명했다.

하지만 이미 늦었다.

어느새 수많은 암살자들이 몰려들기 시작했다.

그 앞을 황궁 기사들과 그림자들이 가로막았지만 암살자들이 강제로 길을 열면서 한 명의 사내가 그 틈을 비집고 들어갔다.

콰아앙!

"……친위대인가?"

암살자를 향해 거검을 휘두르며 앞을 가로막은 토토.

그 주위로 친위대원들이 서면서 암살자의 발걸음을 멈추게 만들었다.

황태자 시절부터 유명했던 친위대를 앞에 두었으나 여유로운 표정으로 2개의 검은 단검을 들어 올리는 암살자.

"내 앞을 막기엔 실력이 부족하군."

그렇게 말한 암살자가 검은 환영과 함께 사라지자 이리스가 황급히 토토의 옆에 나타나 암살자의 공격을 막아 냈다.

"쿨럭!"

"이리스! 제길!"

일격에 피를 토하는 이리스를 보면서 토토가 전력으로 검을 휘둘렀다.

동시에 사방에 기형적인 무기들을 날리는 브리온.

둘의 공격을 힘으로 뚫어 내려는 순간, 준비하고 있는 아르슈나의 고위 마법이 날아들었다.

친위대 세 명의 협공에도 불구하고 상처 하나 없이 버티는 암살자.

"제국의 천재는 아직인가? 아쉽군."

"······마스터."

내상을 입은 토토가 입술로 흘러내리는 핏물과 함께 암살자를 바라보았다.

"얌전히 죽어 주면 좋겠어."

친위대 너머에서 자신을 바라보는 카리엘을 향해 미소를 그린 남자가 토토를 밀쳐 내며 카리엘을 향해 달려들려는 순간.

"날 찾았나?"

카리엘의 코앞에서 검을 쳐 내면서 나타난 글렌이 살기를 터뜨리면서 암살자를 향해 달려들었다.

글렌의 검을 막아 낸 암살자가 그대로 뒤로 밀려났다.

친위대의 합공에도 상처 하나 없던 암살자였지만 글렌의 일격에는 가벼운 기침까지 할 정도로 타격을 입었다.

"벽을 뚫었나?"

암살자의 물음에도 대답하지 않는 글렌.

그런 그를 보면서 암살자가 피식 웃었다.

"아직 미숙한데 제법 묵직하군."

벽을 뚫었다고는 하지만 이제 막 마스터에 오른 글렌.

그렇기에 암살자는 여유를 부렸다.

하지만 그 여유는 다시 한번 격돌하는 순간 산산이 부서졌다.

"너……."

"말이 많군."

그렇게 말한 글렌이 전력으로 오러 블레이드를 만들었다.

동시에 검을 휘두르는 순간 공간이 일렁이면서 암살자가 전력으로 공격하는 수백 개의 참격을 일시에 소멸시켜 버렸다.

그러자 암살자가 당황하기 시작했다.

예상 이상으로 글렌이 강했기 때문이다. 글렌이 마스터에 이르렀을 것이라는 것조차 염두에 두었으나 그 이상으로 글렌이 강했다.

"이게 전부인가?"

황궁이 박살 나면서 아르슈나의 마법으로 밖으로 나온 카리엘이 글렌에게 묶여 있는 암살자를 바라보며 말했다.

그러자 암살자가 미친 듯이 웃기 시작했다.

"그럴 리가. 신의 사도를 잡는 데 고작 이것만 준비했을 리가 없지."

그렇게 말하는 순간 마룡들의 사체가 떠오르면서 한데 뭉치기 시작했다.

곳곳에서 마룡들이 한데 뭉치면서 괴상한 형체의 괴물이 만들어졌다.

"폐하를 지켜라!"

토토가 고함을 쳤지만, 친위대를 비롯한 황궁 기사들은 암살자들을 막기에 급급했다.

뒤이어 황궁 기사들이 몰려왔지만, 남은 마룡들을 뚫고 오는 것보다 거대한 괴물이 카리엘이 있는 곳으로 오는 게 더 빨라 보였다.

그럼에도 불구하고 여유로운 표정으로 글렌과 싸우는 암살자를 향해 물었다.

"이게 전부인가?"

다시 한번 묻는 카리엘을 보는, 글렌과 싸우던 암살자의 눈동자가 흔들렸다.

"전부인가 보군. 그럼 되었다."

그렇게 말한 순간 카리엘의 머리 위로 작은 불덩이들이 나타났다.

"막아."

카리엘의 명령이 떨어지는 순간, 3개의 불덩이들이 일제히 몸집을 부풀리면서 거대한 형체를 만들어 냈다.

그것을 보던 암살자가 다시 빙그레 미소를 지었다.

이미 이것조차 예상했다는 듯한 얼굴이었다. 하지만 이번에도 그의 미소를 사라질 수밖에 없었다.

글렌이 그러했던 것처럼 카리엘의 소환수들 역시 예상보다 강한 모습을 보여 주었기 때문이다.

거대한 늑대와 불의 정령이 날뛰었고, 중앙에서 그런 그들을 통제하는 불의 거인.

-날뛰지 마! 나중에 카리엘한테 혼나고 싶냐!

여기저기 날뛰는 소환수들이었으나, 마룡의 사체로부터 탄생한 사체 거인들을 상대로 압도적인 위용을 보여 주었다.

"수련한 보람은 있네."

몬스터들을 학살하면서 글렌과 월크셔 공작과 함께 수련했던 나날들.

이 둘이 마스터가 되면서는 크게 힘을 쓰지는 못했지만 이들이 벽을 넘지 못했을 땐 카리엘의 소환수들을 상대로 동시에 싸워도 어려워했을 정도로 막강한 위용을 보여 주었다.

-약자 멸시!

누군가 카리엘의 현 경지를 표현하자면 이렇게 표현할 것이다.

마스터에는 어려우나 그 밑의 경지에는 압도적인 힘을 보여 주는 게 카리엘이었다.

그렇기에 사체 골렘들이 얼마나 몰려오든 거대한 소환수들이 압도적인 위용을 보여 주면서 불태우고 있었다.

믿을 수 없는 광경에 뒤로 물러나 멍한 표정을 짓는 암살자.

그런 그를 보면서 카리엘이 글렌에게 명을 내렸다.

"글렌."

"예! 폐하."

"반드시 생포해라. 물어 볼 것이 많은 놈이다."

"그리하겠습니다."

카리엘의 명에 작게 고개를 숙인 글렌이 전력을 드러냈다.

어느새 암살자들이 하나둘 죽어 나가면서 카리엘 주위로 황궁 기사들이 모여드는 것을 보았으니 글렌 역시 전력으로 암살자를 공격할 수 있었다.

지금까지는 카리엘을 지키기 위해 수비적으로 임했으나 이제부터는 거칠 것이 없다는 듯 검을 휘두르기 시작하자 암살자의 표정이 일그러졌다.

"빌어먹을……."

"도망칠 수 있을 것이라 생각하나?"

암살자가 도망치려는 루트의 공간이 일렁이자 사색이 되면서 양검을 교차시켜 방어했다.

그 순간 기다렸다는 듯 암살자를 향해 화염 마법이 날아들었다.

초고열의 붉은 빛이 레이저처럼 날아들자, 전력으로 마법을 받아 냈음에도 암살자의 몸이 뒤로 밀려났다.

"아까의 복수예요."

아르슈나가 싸늘한 표정으로 말하는 순간, 토토의 거검이 떨어져 내리고 뒤이어 이리스와 브리온의 공격이 날아들었다.

"자존심도 없느냐!"

친위대의 공격을 받아 낸 암살자가 글렌을 향해 노성을 터뜨렸으나 글렌은 표정 변화 없이 대구했다.

"그깟 자존심 따윈 폐하의 명에 비하면 하찮은 것에 불과하지."

글렌이 친위대의 도움을 받으면서 암살자를 몰아넣는 동안, 황궁을 습격했던 마룡들과 암살자들은 하나둘 죽어 나갔다.

그것을 보면서 입술을 깨물며 모든 힘을 끌어모으는 암살자.

"자폭이다. 막아!"

"물러나십쇼!"

카리엘의 명령에 글렌이 친위대에게 외치면서 전력으로 검을 휘둘렀다.

그러자 빠르게 암살자의 주위에서 물러나는 친위대.

그와 동시에 글렌의 오러가 암살자에게 정확히 적중했다.

콰직!

단번에 암살자의 왼팔과 심장 부근을 일그러뜨리는 글렌의 참격.

동시에 주변 공간을 일그러뜨리기 시작했다.

전력을 다한 글렌의 공격은 공간 자체를 일그러뜨릴 정도로 막강한 위력을 갖고 있었다.

하지만 그것으로는 부족했다.

마스터가 목숨을 걸고 일으키려는 폭발이었기에 글렌의 공격에도 완전히 없어지지 않고 기어코 폭발을 일으켰다.

그러자 황궁 기사들이 황급히 결계를 만들면서 카리엘의 앞에 섰다.

"폐하를 지켜라!"

다급하게 외치는 황궁 기사들.

동시에 마법사들 역시 몸을 날리면서 카리엘의 앞에 방어 마법을 펼쳤다.

하지만 그런 그들의 노력이 무색하게도 아무런 일도 일어 나지 않았다.

"어? 이게……."

"대체……."

모두가 당혹스러워하면서 암살자가 있는 곳을 바라보자 불의 거인의 거대한 손이 암살자가 있는 곳을 감싸고 있었다.

-드럽게 아프네.

거인의 목소리와 함께 잔잔한 충격파만 퍼져 나왔다.

충격파마저 흡수한 수르트가 표정을 찡그리면서 카리엘을 한차례 바라보고는 작게 변해서 사라졌다.

그러자 거대한 늑대와 정령 역시 사라졌다.

"나중에 상이라도 줘야겠네."

그렇게 중얼거린 카리엘이 앞을 바라보았다.

자폭하려 했음에도 살아남은 암살자.

본래라면 산산이 찢겨 나갔어야 할 육체가 알 수 없는 힘
으로 유지되고 있음이 느껴졌다.

"폐하, 위험하옵니다."

글렌의 경고에 카리엘이 더는 다가가지 않고 가만히 암살
자를 바라보았다.

그러자 검은 힘에 허공에 떠오른 암살자가 기괴하게 목을
뒤틀면서 카리엘을 보았다.

-재밌네. 신이 희생을 감수할 가치는 있다는 건가?

"……넌 누구지?"

-과거의 망령.

카리엘의 물음에 망령이라 답한 암살자.

그런 그를 향해 카리엘이 미간을 찌푸리며 물었다.

"넌 누구지? 마족인가?"

자신이 아는 한 마족은 이러한 힘이 없었다.

마왕조차 이러한 힘이 없었기에 궁금했다.

'전생엔 못 보던 놈이다.'

그렇게 생각한 카리엘이 암살자를 노려보자 그가 조용히
카리엘의 눈을 응시하다가 말했다.

-글쎄. 궁금하면 동대륙으로 와서 직접 알아보거라.

그렇게 말한 무언가가 천천히 눈을 감았다. 그러자 암살자
의 몸에서 서서히 검은 기운이 빠져나가기 시작했다.

그렇게 검은 기운이 완전히 빠져나간 순간, 마스터급에 이르렀던 암살자의 몸이 '펑!' 하고 터져 버렸다.

검은 기운에 의해 강제로 뭉쳐져 있던 육체가 더는 버티지 못하고 터져 버린 것이다.

"폐하."

멀리서 다가온 타리온이 황급히 카리엘의 몸 상태를 확인했다.

하지만 카리엘은 그런 그의 호들갑에 괜찮다는 말과 함께 명령을 내렸다.

"지금 당장 상황부터 파악해. 황궁 기사단은 황궁에 남아 있는 적을 확인하고, 중앙군은 수도부터 안정시켜!"

카리엘의 명령에 모두가 고개를 숙였다.

"서둘러라!"

"예!"

"타리온, 넌 지금 당장 전쟁 상황을 파악해서 나한테 가져와."

그렇게 명령을 내린 카리엘이 곧바로 집무실로 향했다.

＊

얼마 후, 타리온이 다급히 집무실로 들어왔다.

"동부에 골렘 군단이 나타났습니다. 아무래도 탈로스가 준비한 것 같습니다."

"로만도 움직였어?"

"예."

"동부군만으로는 어렵겠군."

카리엘의 말에 타리온이 고개를 끄덕였다.

"안 그래도 지원을 요청했습니다."

"중앙군 일부를 떼서 급파해. 추가적인 병력은 수도가 안정되는 대로 수도 방위군 일부를 차출해서 보낸다."

"그건…… 위험하옵니다. 어떤 위협이 남아 있을지……."

타리온의 걱정 어린 말에도 카리엘은 고개를 저었다.

"글렌이 있으니 괜찮아."

"……알겠습니다."

카리엘의 말에 타리온이 집무실의 문을 바라보았다.

문 앞에서 혹시 모를 위협에 대비하고 있는 글렌. 그의 예상보다도 강한 모습을 생각하며 작게 고개를 끄덕인 타리온에게 카리엘이 추가적으로 명령을 내렸다.

"수도의 승리를 제국 전 지역에 알려."

"그리하겠습니다."

"가는 길에 대신들을 불러와. 저들의 숨겨 둔 한 수가 끝났으니 전쟁을 끝내야지."

그렇게 말한 카리엘이 타리온을 손짓으로 내보냈다.

암살자들 앞에서는 아무렇지 않은 척했지만 사실 상당히

무리를 한 상황이었다.

　세 소환수의 힘을 전력으로 사용하는 건 카리엘의 몸에 부담이 가는 일이었기에 몸 내부 상태는 그리 좋지 못했다.

　"폐하, 포션이옵니다."

　시종장이 카리엘의 몸 상태를 눈치채고 곧바로 포션을 챙겨 와 마시게끔 했다.

　"남은 일은 대신들에게 맡기고 쉬십시오."

　"조금만 더. 마지막 명령을 내리고 쉬어야지."

　카리엘의 말에 시종장이 작게 한숨을 쉬면서 고개를 숙였다.

　그리고 얼마 후, 대신들이 집무실로 들어왔다.

　"로테온이 마족과 손잡았음을 대대적으로 알려."

　"그리하겠습니다."

　카리엘의 명령에 내무대신이 고개를 숙였다.

　"성국에게 전해. 지금이라도 멈추면 속국으로나마 국가 형태를 유지시켜 주겠다고."

　"예!"

　외무대신이 대답하는 것과 동시에 다급하게 나가자 카리엘은 이번엔 군부대신을 바라보았다.

　"정벌군에게 여론전을 펼치라고 해."

　"어떤 내용으로 하면 되겠습니까?"

　"항복. 항복하면 국왕과 고위 귀족들을 처단하는 선에서 끝내겠다고."

그렇게 말한 카리엘이 나가려는 군부대신에게 한 가지 말을 더 전했다.

"마스터들이 제국이 봉사한다면 국왕을 살려 줄 수도 있다고 해."

"살려 주시려는 것입니까?"

군부대신이 놀란 표정으로 묻자 카리엘이 피식 웃었다.

"귀한 전력인데 놀리면 아깝잖아. 고장 났어도 수리해서 써야지."

카리엘의 말에 군부대신이 무겁게 고개를 끄덕였다.

로테온의 숨겨 둔 한 수를 막아 낸 시점에서 사실상 제국이 승리한 것이나 다름없었다.

동부를 어지럽히는 골렘 군단이야 중앙군이 움직이면 서서히 진압될 것이다.

이제 남은 건 삼국의 항복뿐.

순서야 어찌 되었든 승기를 잡은 제국에게 결국 항복할 수밖에 없을 것이다.

하지만 예상하지 못한 일격으로 상당한 피해를 입은 카리엘이기에 더는 피해 입는 것을 용납할 수 없었다.

그렇기에 이제부터는 전쟁 대신 여론전을 통해 저들을 무너뜨릴 생각이었다.

"달콤하군."

승리의 달콤함 때문일까?

오늘따라 포션의 맛이 맛있게 느껴졌다.

카리엘은 대신들을 내보내고 포션을 마시면서 회복에 들어갔다.

✳

점차 안정되는 수도와 달리 남부의 상황은 최악으로 흘러갔다.

-실패.

로테온의 정보부를 통해 들어온 급보에 피레스 공작의 얼굴이 굳어졌다.

"결국 실패인가?"

마지막 발악까지 해 보았지만 결국 실패하고 말았다.

이제 남은 것은 제국에게 짓밟히는 일만 남았다. 모든 걸체념하고 최후를 받아들이려 할 때였다.

정보 요원 하나가 다급하게 피레스 공작에게 보고를 올렸다.

"제국에서 통신구로 공작 각하께 전해 달라 합니다."

"말하라."

피레스 공작의 말에 정보 요원이 식은땀을 흘리면서 떨리는 음성으로 말했다.

"……구, 국왕을 살리고 싶으면 얌전히 항복하도록. 제국의 검으로 흑마법사 처단에 앞장선다면 국왕의 목숨은 살려 주지."

정보 요원의 말에 피레스 공작이 두 눈을 질끈 감았다.

그리고 이와 같은 제안은 탈로스의 클레타 공작에게도 똑같이 전달되었다.

다음 권으로 이어집니다

One for all 원포올

일라잇 스포츠 장편소설

**작렬하는 슛, 대지를 가르는 패스
한계를 모르는 도전이 시작된다!**

축구 선수의 꿈을 품은 이강연
냉혹한 현실에 부딪혀 방황하던 중
운명과도 같은 소리가 귓가에 들어오는데……

당신의 재능을 발굴하겠습니다!
세계로 뻗어 나갈 최고의 축구 선수를 키우는
'One For All' 프로젝트에, 지금 바로 참가하세요!

단 한 번의 기회를 잡기 위해
피지컬 만렙, 넘치는 재능을 가진 경쟁자들과
최고의 자리를 두고 한판 승부를 벌인다!

실력만이 모든 것을 증명하는
거친 그라운드에서 당당히 살아남아라!

기갑천마

거짓이슬 퓨전 판타지 장편소설

종말을 막지 못한 절대자
복수의 기회를 얻다!

무림을 침략한 마수와의 운명을 건 쟁투
그 마지막 싸움에서 눈감은 무림의 천하제일인, 천휘
종말을 앞둔 중원이 아닌 새로운 세상에서 눈을 뜨는데……

"천휘든 단테든, 본좌는 본좌이니라."

이제는 백월신교의 마지막 교주가 아닌 평민 훈련병, 단테
그럼에도 오로지 마수의 숨통을 끊기 위해
절대자의 일 보를 다시금 내딛다!

에이스 기갑 파일럿 단테
마도 공학의 결정체, 나이트 프레임에 올라
마수들을 치단하고 세상을 구원하라!